日本語檢定考試對策

N3（準二級）

聴解練習帳
聴解ワークブック

目黒真実　編著

簡 佳 文　中譯

附MP3 CD

鴻儒堂出版社發行

前　言

　　本書「日本語檢定考試對策　N3（準二級）聽解練習帳」，是為了提高中‧上級日語學習者的聽解能力，而編撰的聽解綜合問題集，可用於新日本語能力試驗及日本留學考試。

　　從2010年起，日本語能力試驗的考試內容有了大幅度的修訂。而關於聽解問題的部份，是把出題內容分成了以下六個項目，較大的變更點則是第四到第六點。

　　一，課題理解：聽一男一女的對話，然後選出適當行動的問題。選項是以文字或插圖表示。

　　二，重點理解：從文章內容中聽取日程、場所、理由、心情等等的關鍵點。因為選項是以文字表示，所以可以一邊看提示一邊聽。

　　三，概要理解：從類似大學課堂的授課內容中，聽取說話者的意圖或主張等等的問題。選項是以聲音表示。（N4、N5沒有這類型的題目）

　　四，發話表現：一邊看圖、一邊聽場面或狀況等的說明，在短時間內選出適當的表現。選項是以聲音表示。（N1、N2沒有這類型的題目）

　　五，即時應答：對於對方的話應該如何適當回應的即時判斷問題。選項是以聲音表示。

　　六，統合理解：聽長文回答問題。問題不會在一開始就說出來，只會在唸完文章之後提示一次。包含比較複數情報、設想關連性、回答問題等等的形式。統合理解的第一問的選項是以聲音表示，第二問則是文字表示。（N3、N4、N5沒有這類型的題目）

　　一～三點是舊有的出題形式，四～六點則是新加的形式。特別是第四、五點，是新日本語能力試驗為了測驗溝通能力而設，可說是全新的題型。第六點雖然也是新題型，但長文的部份除了最開始不會提問這一點，與舊有的「沒有圖片的問題」沒有特別大的差異。

　　聽解能力的養成沒有捷徑。習慣出題形式當然很重要，但最重要的還是「多聽」與「增加字彙量」而已。

目 黒 真 実

はじめに

　本著「聴解ワークブック」は、中・上級の日本語学習者が聴解力を高めるために作成された聴解総合問題集で、新日本後能力試験、日本留学試験に対応しています。

　さて、2010年から、日本語能力試験の内容が改訂されます。聴解問題について言えば、出題内容は6項目に分かれますが、大きな変更点は4〜6と言えるでしょう。

1. 課題理解：まとまりのある男女の会話を聞いて、適切な行動を選択する答える問題。選択肢は文字かイラストで提示される。

2. ポイント理解：発話の中から、日程、場所、理由、心情などのポイントに絞って聞き取る問題。選択肢は文字で提示されているので、選択肢を見ながら聴くことになる。

3. 概要理解：大学の講義のようなまとまりのある発話を聞き、話者の意図や主張を聞き取る問題。選択肢は音声で提示される。（N4、N5にはない）

4. 発話表現：イラストを見ながら、場面や状況の説明を聞き、適切な表現を瞬時に選ぶ問題。選択肢は音声で提示される。（N1、N2にはない）

5. 即時応答：相手の発話にどのように応答するのがふさわしいかを即時に判断する問題。選択肢は音声で提示される。

6. 統合理解：長いテキストを聴いて、質問に答える。質問は最初は流れず、眺めのテキストの後に一度だけ流れる。複数の情報を比較したり、関連づけたりして、質問に答える問題も含まれる。統合理解の一問目は選択肢は音声で提示されるが、二問目は文字で提示されている。（N3、N4、N5にはない）

　1〜3は従来もあった出題形式ですが、4〜6は新たに加わったものです。特に、4，5は真日本語能力試験のコミュニケーション能力を測るという趣旨から取り入れられたもので、全く新しい出題形式と言えるでしょう。6も新しい形式ですが、テキストが長くなること、最初に質問が流されない点を除けば、従来の「絵のない問題」と大きな違いはないと思います。

　聴解力養成に近道はありません。出題形式に慣れることはもちろん大切なのですが、何よりも大切なのは、「多く聴く」ことと語彙量を増やすことです。

目　　録

Ｎ３（準二級）

N3（準二級）
聴 解 練 習

Unit 1　桜前線

 メモ

〈単語メモ〉

桜前線（さくらぜんせん）：櫻花開花期間線

開花日（かいかび）：開花日

標高（ひょうこう）：標高

満開（まんかい）：全開

北上（ほくじょう）：北上

フレーズ：句子

沖縄・奄美地方（おきなわ・あまみちほう）：沖縄奄美地方

太平洋側（たいへいようがわ）：太平洋邊緣

気象庁（きしょうちょう）：氣象局

等期日線（とうきじっせん）：將櫻花等開花日期相同的地區在地
　　　　　圖上以線連起來的標示

データー：資料

ネットワーク：連結網

判断材料（はんだんざいりょう）：判斷的資料

基準（きじゅん）：基準

多様化（たようか）：多樣化

〈問題〉

1. 本文の内容と合っているものに○を、合っていないものに×をつけてください。

　　(1)（　　　）桜前線は、天気図の前線と似た線を描いている。

　　(2)（　　　）開花日というのは、桜の花が最初に開いた日のことである。

　　(3)（　　　）桜の開花は、標高が高くなるにつれて遅くなる。

　　(4)（　　　）桜の開花は、北へ行けば行くほど、早くなる。

　　(5)（　　　）「ソメイヨシノ」は日本各地に広く分布している。

　　(6)（　　　）沖縄で桜が開花してから、北海道で開花するまでに、約4ヶ月かかる。

　　(7)（　　　）「桜前線」というのは、マスコミがつけた名前である。

　　(8)（　　　）気象庁が発表しているのは、開花予想ではなくて、開花日である。

　　(9)（　　　）気象庁は、沖縄で開花したときに第一回の開花予想を発表している。

　　(10)（　　　）気象庁の開花予想と、民間企業の開花予想は、必ずしも一致しない。

2. はじめに質問を読んで、もう一度CDを聴いてください。そして、答えを言ってください。

（1）桜前線というのは、何のことですか。

⇨ ＿＿＿＿＿＿＿＿＿＿＿＿＿＿＿＿＿＿＿＿＿＿＿＿＿＿＿

＿＿＿＿＿＿＿＿＿＿＿＿＿＿＿＿＿＿＿＿＿＿＿＿＿＿＿＿。

（2）桜の開花日に影響を与えているのは何ですか。

⇨ ＿＿＿＿＿＿＿＿＿＿＿＿＿＿＿＿＿＿＿＿＿＿＿＿＿＿＿

＿＿＿＿＿＿＿＿＿＿＿＿＿＿＿＿＿＿＿＿＿＿＿＿＿＿＿＿。

（3）桜前線が多様化しているのはどうしてですか。

⇨ ＿＿＿＿＿＿＿＿＿＿＿＿＿＿＿＿＿＿＿＿＿＿＿＿＿＿＿

＿＿＿＿＿＿＿＿＿＿＿＿＿＿＿＿＿＿＿＿＿＿＿＿＿＿＿＿。

（4）「桜」といえば「花見」が思い浮かびますが、あなたの国にも日本のような花見の習慣がありますか。あれば、どのようなものか、話してください。

⇨ ＿＿＿＿＿＿＿＿＿＿＿＿＿＿＿＿＿＿＿＿＿＿＿＿＿＿＿

＿＿＿＿＿＿＿＿＿＿＿＿＿＿＿＿＿＿＿＿＿＿＿＿＿＿＿＿。

3. 短い会話を聞いて、最後の文の意味を（a／b）から選んでください。

（1）男：

（MP3 1-02）女：

　　a．あまりよくない　　　b．とてもいい

（2）男：

（MP3 1-03）女：

　　a．いただきます　　　　b．要りません

〈実践練習〉

問題1　会話・スピーチ（絵や図がない問題）

（1）〈解答〉　① ② ③ ④

1. 宇宙は、一日中暗くて、朝と夜の区別はありません。

2. 宇宙でもお風呂に入ったり、トイレを使ったりできます。

3. スペースシャトルの中でも、ゆっくり歩くことができます。

4. 宇宙に行くと、地球にいたときよりも、背が伸びます。

（2）〈解答〉　① ② ③ ④

1. 病院です。

2. 警察です。

3. 美容院です。

4. 消防署です。

（3）〈解答〉　① ② ③ ④

（4）〈解答〉　① ② ③

（5）〈解答〉　① ② ③

問題2　絵・図・写真

（1）〈解答〉　① 　② 　③ 　④

（2）〈解答〉　① ② ③ ④

（3）〈解答〉　　①　②　③　④

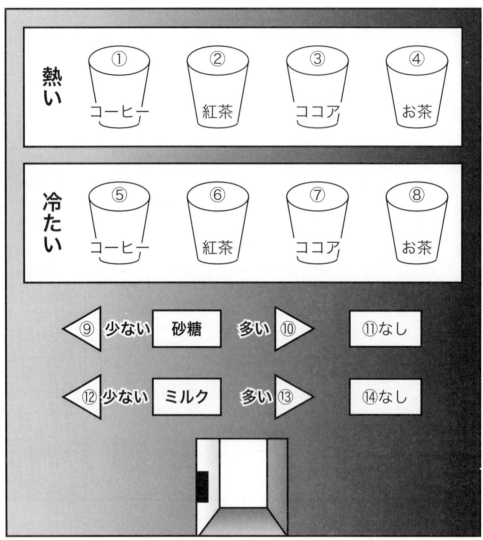

1　①番と⑪番と⑭番です。

2　③番と⑪番と⑬番です。

3　①番と⑨番と⑫番です。

4　⑤番と⑩番と⑬番です。

問題3　表・グラフ・資料・掲示物

（1）〈解答〉　①　②　③　④

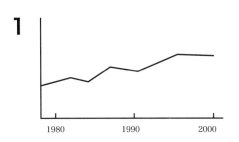

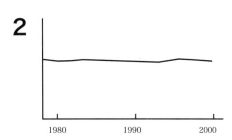

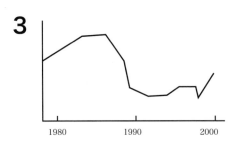

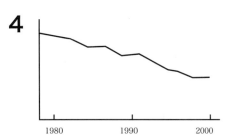

（2）〈解答〉　①　②　③　④

日	月	火	水	木	金	土
			1	2	3	4
5	6	7	8	⑨	⑩	⑪
12	⑬	14	15	16	17	18
19	20	21	22	23	24	25
26	27	28	29	30	31	

1　　**2**　　**3**

4

■ 単語メモ ■

問題1

（1）

スペースシャトル：太空梭

宇宙<ruby>う ちゅう</ruby>：宇宙

重力<ruby>じゅうりょく</ruby>：重力

ボール状<ruby>じょう</ruby>：球狀

地球<ruby>ち きゅう</ruby>：地球

（2）

交通事故<ruby>こうつう じ こ</ruby>：交通事故

救急車<ruby>きゅうきゅうしゃ</ruby>：救護車

（3）

改札口<ruby>かいさつぐち</ruby>：電車收票口

通り過ぎる<ruby>とお す</ruby>：開過頭

特別快速電車<ruby>とくべつかいそくでんしゃ</ruby>：特快車

慌てる<ruby>あわ</ruby>：慌張

引き返す<ruby>ひ かえ</ruby>：返回

（4）

ごぶさたする：睽違不見

（5）

出かける<ruby>で</ruby>：外出

問題2

（1）

マンション：公寓

家賃<ruby>や ちん</ruby>：租金

丸見え<ruby>まる み</ruby>：全看見

景色<ruby>け しき</ruby>：景色

（2）

コンビニ：便利商店

立ち読みする<ruby>た よ</ruby>：站著閱讀

切符売り場<ruby>きっ ぷ う ば</ruby>：買票處

混み合う<ruby>こ あ</ruby>：壅塞

（3）

ボタン：鈕扣

たっぷり：充分的

ホットコーヒー：熱咖啡

ブラック：黑咖啡

問題3

（1）

売上高<ruby>うりあげだか</ruby>：營業額

横ばい状態<ruby>よこ じょうたい</ruby>：持平狀態（無明顯的變動）

業績<ruby>ぎょうせき</ruby>：業績

上向く<ruby>うわ む</ruby>：好轉

ご覧のように<ruby>らん</ruby>：如您所見

伸び悩む<ruby>の なや</ruby>：成長沒有預期的高；（進行、成

長）不順利

（2）

伊豆観光<ruby>い ず かんこう</ruby>：伊豆觀光旅遊

ガイドブック：嚮導書

週末<ruby>しゅうまつ</ruby>：週末

Unit 2　火山と温泉

 メモ

〈単語メモ〉

恵み：恩惠	開放的：開放的
災害をもたらす：帶來的災害	混浴：無分男女的泡湯
噴火（する）：噴火	入り込み湯：無分男女的泡湯
活火山：活火山	奈良時代：奈良時代
割合：比例	風土記：風土記
相次ぐ：相繼、陸續	湧き出る：湧出
露天風呂：露天泡湯	老若男女：男女老少
屋外：屋外	銭湯：公衆湯屋

〈問題〉

1. 本文の内容と合っているものに○を、合っていないものに×をつけてください。

    ⑴（　　）火山が多い国は、温泉も多いと言うことができる。

    ⑵（　　）現在も噴火を続けている火山を活火山という。

    ⑶（　　）世界の活火山のうち、約2割が日本にある。

    ⑷（　　）富士山は活火山であり、今後も噴火を起こす可能性がある。

    ⑸（　　）露天風呂は屋外にあるお風呂のことで、ほとんどの温泉地にある。

    ⑹（　　）日本には昔から混浴の風習があり、今も残っている。

    ⑺（　　）「入り込み湯」というのは、現代の言葉で言えば、混浴風呂である。

    ⑻（　　）江戸時代の政府は、混浴を好ましくない風習だと考えていた。

    ⑼（　　）江戸時代に入ると、すぐに男女別の銭湯が生まれた。

    ⑽（　　）男女混浴の風習は、日本だけでなく、今も世界各地に残っている。

2. はじめに質問を読んで、もう一度CDを聴いてください。そして、答えを言ってください。

（1）「活火山」というのは、どのような火山のことですか。

⇨ _____

_____。

（2）日本では、どのくらいの頻度で大きな噴火が起こりますか。

⇨ _____

_____。

（3）混浴の露天風呂では、男性客はどんな様子で入浴していますか。

⇨ _____

_____。

（4）あなたは、「混浴の風習は文明国としてふさわしくない」という意見についてどう思いますか。それはなぜですか。

⇨ _____

_____。

3. 短い会話を聞いて、最後の文の意味を（a／b）から選んでください。

（1）男：

　　 女：

　　 ａ．すてきな男性が現れてほしい。

　　 ｂ．全然すてきな男性が現れてくれない。

（2）男：

　　 女：

　　 ａ．休みの日にはときどき遊びに来てくれます。

　　 ｂ．休みの日はいつも遊びに来てくれます。

〈実践練習〉

問題1　会話・スピーチ（絵や図がない問題）

（1）〈解答〉　① ② ③ ④

 1. 問題もあまり難しくなくて、かなりできました。

2. 問題は難しかったですが、まあまあできました。

3. 時間が足りなくて、全部できませんでした。

4. 問題が難しすぎて、全然できませんでした。

（2）〈解答〉　① ② ③ ④

 1. アルバイトに行っていました。

2. 会社を訪問していました。

3. 大学で授業を受けていました。

4. 疲れて、家で寝ていました。

（3）〈解答〉　① ② ③ ④

（4）〈解答〉　① ② ③

（5）〈解答〉　① ② ③

問題2　絵・図・写真

（1）〈解答〉　① ② ③ ④

1　　　　**2**　　　　**3**　　　　**4**

（2）〈解答〉　① ② ③ ④

1　　**2**　　**3**　　**4**

大切な語彙ー顔や体の特徴ー
（たいせつ　ごい　かお　からだ　とくちょう）

〈体の部分〉
（からだ　ぶぶん）

① 顔（かお）：丸い（まる）⇔ 面長（おもなが）／丸い（まる）⇔ 四角い（しかく）・角張っている（かくば）

② 目（め）：細い（ほそ）／つり上がっている（あ）⇔ 下がっている（さ）・垂れている（た）

③ 鼻（はな）：高い（たか）⇔ 低い（ひく）／尖っている（とが）

④ 額（ひたい）：広い（ひろ）⇔ 狭い（せま）

⑤ 眉毛（まゆげ）：太い（ふと）⇔ 細い（ほそ）／濃い（こ）⇔ 薄い（うす）

⑥ ひげ：濃い（こ）／生やしている（は）／口ひげ（くち）・顎ひげ（あご）

⑦ 髪（かみ）：短い（みじか）・ショート ⇔ 長い（なが）・ロング／

パーマをかけている ⇔ ストレート／

真ん中で分けている（ま　なか　わ）／薄い（うす）／白髪の（はくはつ/しらが）／禿げている（は）

⑧ 体型（たいけい）：大柄な（おおがら）⇔ 小柄な（こがら）／背が高い（せ　たか）（⇔ 低い（ひく））／

太っている（ふと）⇔ 痩せている（や）

問題3　表・グラフ・資料・掲示物

（1）〈解答〉①　②　③　④

1　ハム、チーズ、レタス入りのサンドイッチ

2　レタス、たまご、チーズ入りのサンドイッチ

3　ハム、トマト、レタス入りのサンドイッチ

4　トマト、たまご、レタス入りのサンドイッチ

（2）〈解答〉　①　②　③　④

	1	**2**	**3**	**4**
駅名				
おおさと	10:50	11:20	11:30	11:32
××	10:53	11:23	Ｖ	11:35
××	11:00	11:30	11:35	11:42
××	11:10	11:41	Ｖ	11:53
××	11:17	11:48	Ｖ	12:00
××	11:25	11:55	Ｖ	12:07
とおの	11:30	11:59	11:52	12:11

（3）〈解答〉　① ② ③ ④

1

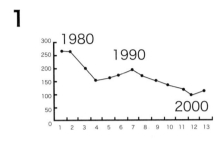

2

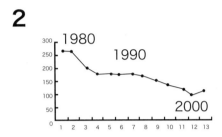

3

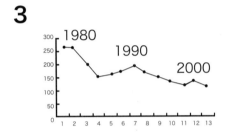

4

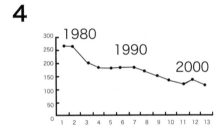

■ 単語メモ ■

問題 1

（1）

歯が立たない：超過自己的能力範囲

（2）

就職活動：就職活動

うまくいく：很順利

不況：不景氣

氷河期：冰河期

（3）

3高：身材高、學歷高、薪水高

学歴：學歷

給料：薪水

家事や育児：家事或小孩的照料

協力：協助

条件：條件

〜とはいっても：雖這麼說〜不過

経済力：經濟能力

（4）

玄関先：玄關前

（5）

お世話になる：受照顧

問題 2

（1）

太る：胖

〜気味：有〜的傾向

（2）

襲う：襲撃

犯人：犯人

特徴：特徴

面長：長臉

目つきが鋭い：眼神鋭利

似顔絵：人像素描

問題 3

（1）

サンドイッチ：三明治

アレルギー：過敏

チーズ：起司

（2）

お腹が空く：肚子餓

乗り換え：換車、轉車

（3）

減少傾向：減少的傾向

下降する：下降

〜から〜にかけて：從〜到（期間）

再び：再一次

横ばい状態：持平、停擺的狀態

ミレニアム：千禧年

Unit 3　ゴールデンウイーク

 メモ

〈単語メモ〉

ゴールデンウイーク：黃金週

〜から〜にかけて：從〜到〜

祝日：國定假日
しゅくじつ

大型連休：大型連休
おおがたれんきゅう

憲法記念日：憲法記念日
けんぽう き ねん び

行楽地：觀光地
こうらく ち

主要ターミナル駅：主要航廈站
しゅよう　　　　　えき

にぎわう：熱鬧

民族大移動：民族大移動
みんぞくだい い どう

端午の節句：端午節
たん ご　　せっ く

菖蒲湯：菖浦泡澡湯
しょう ぶ ゆ

柏餅：用柏葉包的麻糬
かしわもち

鯉のぼり：鯉魚旗
こい

薬草：藥草
やくそう

けがれを祓う：除去污穢
はら

厄よけ：除穢氣
やく

黄河の龍門：黃河上游的龍門山瀑布
こう が　　りゅうもん

〈問題〉

1. 本文の内容と合っているものに○を、合っていないものに×をつけてください。

　　⑴（　　　）ゴールデンウイークには五つの国民の祝日が含まれている。

　　⑵（　　　）５月５日は、「憲法記念日」で、いろいろな記念行事が行われる。

　　⑶（　　　）日本では、休暇の時は家族と一緒に過ごす人がほとんどだ。

　　⑷（　　　）ゴールデンウイークの期間は、行楽地は人でいっぱいである。

　　⑸（　　　）ゴールデンウイークに海外旅行に出かける人は、年々増えている。

　　⑹（　　　）2006年のゴールデンウイークに国内旅行に出かけた人の数は、2000万人を超えた。

　　⑺（　　　）ゴールデンウイークの最後の日は、「こどもの日」である。

　　⑻（　　　）「こどもの日」は、かつて「端午の節句」と呼ばれていた。

　　⑼（　　　）「菖蒲」は日本では古代から使われていた薬草である。

　　⑽（　　　）日本には、かつて中国で行われていた風習が多く残っている。

2. はじめに質問を読んで、もう一度CDを聴いてください。そして、答えを言ってください。

（1）「ゴールデンウイーク」というのは、なんのことですか。

⇨ _____

_____。

（2）ゴールデンウイークの初期と末期に、主要ターミナル駅や空港が多くの乗客でにぎわうのはどうしてですか。

⇨ _____

_____。

（3）「菖蒲湯」というのは、もともとどのような風習でしたか。

⇨ _____

_____。

（4）「鯉のぼり」は、どのような話が元になって生まれましたか。

⇨ _____

_____。

3. 短い会話を聞いて、最後の文の意味を（a／b）から選んでください。

（1）男：

（MP3 3-02）女：

　　a．用事ができて、行けなくなった。

　　b．できたら、行きたいと思っている。

（2）男：

（MP3 3-03）女：

　　a．布団の中に入ると、すぐ寝てしまった。

　　b．布団の中に入らないで、寝てしまった。

〈実践練習〉

問題1　会話・スピーチ（絵や図がない問題）

（1）〈解答〉①　②　③　④

 1. 野球場でアルバイトします。

2. 居酒屋でアルバイトします。

3. 運送会社でアルバイトします。

4. まだ決めていません。

（2）〈解答〉①　②　③　④

 1. 電気代を節約しよう。

2. ガス代を節約しよう。

3. 水道代を節約しよう。

4. 食費を節約しよう。

（3）〈解答〉①　②　③　④

（4）〈解答〉①　②　③

（5）〈解答〉①　②　③

問題2　絵・図・写真

（1）　〈解答〉①　②　③　④

（2）　〈解答〉① ② ③ ④

（3）〈解答〉① ② ③ ④

問題3　表・グラフ・資料・掲示物

（1）〈解答〉① ② ③ ④

	2(木)	3(金)	4(土)	5(日)
1：00			◯	◯
4：00	◯	◯	◯	◯
	1	2	3	4

（2）〈解答〉① ② ③ ④

○：勝ち

×：負け

	1回戦	2回戦	3回戦	4回戦	5回戦
1	○	×	×	○	○
2	○	○	×	×	×
3	×	×	○	○	×
4	×	○	○	×	○

■ 単語メモ ■

問題 1

（1）

時給(じきゅう)：時薪

交通費(こうつうひ)：交通費

運送会社(うんそうがいしゃ)：運輸公司

居酒屋(いざかや)：居酒屋

（2）

面倒(めんどう)：麻煩

いちいち：一次一次、每每

ちりも積(つ)もれば山(やま)となる：積沙成塔

節約(せつやく)：節省

（3）

時間帯(じかんたい)：時段

たいてい：大致上

割引(わりびき)（率(りつ)）：折扣（率）

〜によって（違(ちが)う）：因〜而（不同）

確認(かくにん)する：確認

（4）

席(せき)を詰(つ)める：位子擠一下，坐過去一點

（5）

伊豆(いず)：伊豆

問題 2

（1）

位置(いち)：位置

ライオン：獅子

肉食動物(にくしょくどうぶつ)：肉食性動物

象(ぞう)：大象

襲(おそ)う：侵襲

四方八方(しほうはっぽう)：四面八方、各方面

（2）

過(す)ぎる：過後，過〜點鐘

（3）

かかと：鞋跟，腳跟

ハイヒール：高跟鞋

つま先(さき)：腳趾

〜しかない：只有〜

問題 3

（1）

あいにく：不巧的

空(あ)く：空

かしこまりました：遵命

（2）

ソフトボール：壘球

試合(しあい)：比賽

○勝(しょう)○敗(はい)：○勝○敗

連敗(れんぱい)：連敗

連勝(れんしょう)：連勝

準決勝戦(じゅんけっしょうせん)：準決賽

勝率(しょうりつ)：勝算

Unit 4　東京の生活費

 メモ

〈単語メモ〉

最も：最

割高：相較之下較貴

保証人：保證人

敷金：保證金

礼金：禮金

仲介料：仲介費

家賃滞納：房租費滞納

焼け焦げ：燒焦

補修：修補

戦後：戦後

焼け野原：燒黑的一片荒野

金を包む：包紅包

独特：獨特

国際化：國際化

商習慣：商業習慣

改める：修改

〈問題〉

1. 本文の内容と合っているものに○を、合っていないものに×をつけてください。

(1) (　　　) 長い間、東京ほど物価が高い都市はなかった。

(2) (　　　) 東京の家賃が高いのは、土地が狭いことと関係がある。

(3) (　　　) 同じ条件のアパートでみると、東京の家賃はロンドンほど高くない。

(4) (　　　) 日本では、外国人が部屋を借りるとき、多くの場合、保証人が必要だ。

(5) (　　　) 日本で部屋を借りるとき、家賃の10倍ぐらいのお金の準備が必要だ。

(6) (　　　) 借りた部屋を汚したり壊したら、敷金から支払うことになる。

(7) (　　　) 礼金は、部屋を出るときには、戻ってくる。

(8) (　　　) 日本以外にも、少数だが、礼金のような商習慣を持つ国がある。

(9) (　　　) 礼金のような商習慣に疑問を持つ留学生は多い。

(10) (　　　) この人は、礼金のような商習慣は廃止した方がいいと考えている。

2. はじめに質問を読んで、もう一度CDを聴いてください。そして、答えを言ってください。

（1）留学生が日本で部屋を借りるとき、どのような面倒な手続きがありますか。

⇨ _____

_____。

（2）敷金というのは、どのようなお金のことですか。

⇨ _____

_____。

（3）礼金という日本独特の習慣の起源は、どのようなものでしたか。

⇨ _____

_____。

（4）あなたの国で、部屋を借りるときに必要な手続きについて話してください。

⇨ _____

_____。

3. 短い会話を聞いて、最後の文の意味を（a／b）から選んでください。

（1）女：

（MP3 4-02）男：

　　a．私には、会長をするような力はありません。

　　b．私でよければ、喜んで会長になります。

（2）男：

（MP3 4-03）女：

　　a．みなさん、少し休んでもいいです。

　　b．みなさん、少し休みましょう。

〈実践練習〉

問題1　会話・スピーチ（絵や図がない問題）

（1）〈解答〉　① ② ③ ④

1. かなり下がっています。

　2. 少し下がっています。

　3. かなり上がっています。

　4. 少し上がっています。

（2）〈解答〉　① ② ③ ④

1. 女の人は男の人に薬を塗ってあげました。

　2. 女の人は男の人に薬をあげました。

　3. 男の人は女の人に薬を塗ってあげました。

　4. 男の人は女の人に薬をあげました。

（3）〈解答〉　① ② ③ ④

（4）〈解答〉　① ② ③

（5）〈解答〉　① ② ③

問題2　絵・図・写真

（1）〈解答〉　① ② ③ ④

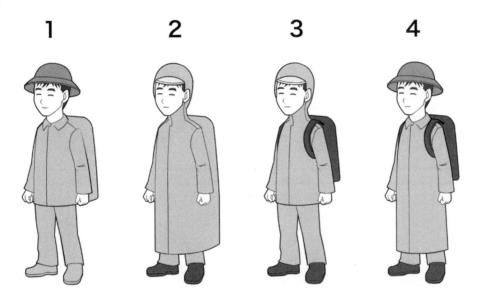

1　　　　　　2　　　　　　3　　　　　　4

（2）〈解答〉　① ② ③ ④

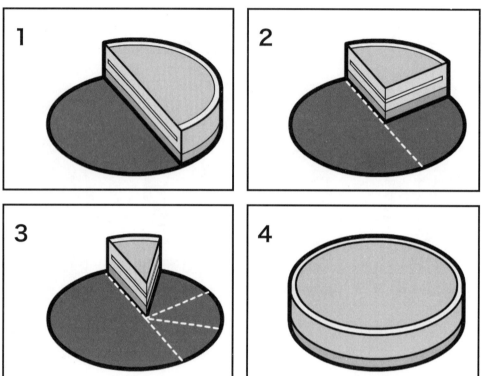

問題3　表・グラフ・資料・掲示物

（1）〈解答〉　① ② ③ ④

> 今日は帰りが遅くなりそう。冷蔵庫の
> 中にカレーライスが入れてあるから、
> 先に食べといてね。
> 食べたら、食器は洗っておくんです
> よ。
> じゃ、行ってきます。

1　娘が父親に書いたものです。

2　妻が夫に書いたものです。

3　夫が妻に書いたものです。

4　母親が息子に書いたものです。

（2）〈解答〉　①　②　③　④

1	作文の発表→テスト→ローマ字の復習→本文購読
2	テスト→作文の発表→本文購読→ローマ字の復習
3	作文の発表→テスト→本文購読→ローマ字の復習
4	テスト→ローマ字の復習→本文購読→作文の発表

（3）〈解答〉 ① ② ③ ④

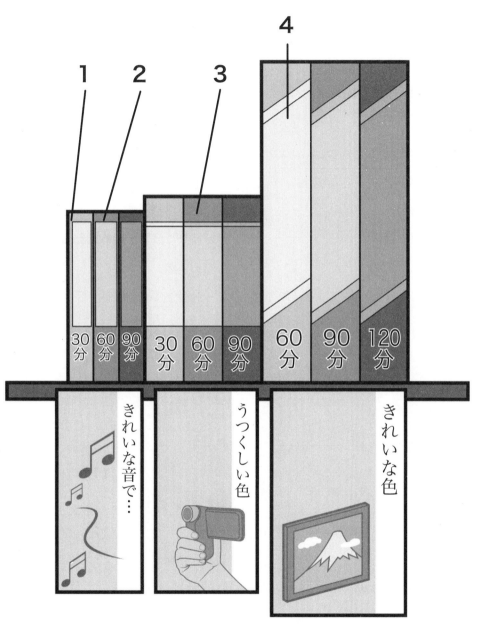

■ 単語メモ ■

問題1

（1）

株価：股價

日経平均：日經平均股價指數

推移する：推移

〜前後：左右、前後

雇用統計：雇用統計

〜を前に：以〜為前

様子見状況：此指靜觀其變

（2）

掻く：抓、搔癢

虫：蟲

刺す：刺

かゆい：癢的

薬を塗る：塗藥

ほら：你看（語氣詞）

（3）

グラフ：圖表

〜ことは〜が〜：〜是〜，但是

例できることはできるがあまり上手じゃない
けど。會是會但是不厲害。

〜どころではない：現在不是〜的時候

（4）

道を尋ねる：問路

迷惑をかける：給人添麻煩

（5）

辛い：身體不舒服，辛苦

問題2

（1）

奥多摩ハイキング：奧多摩遠足（奧多摩為日
本東京都最西部的一個地名）

背負う：背負

役に立つ：有用處

すっぽり：沒有隙縫的套上去

かぶる：戴

フード付き：有附帽子

レインコート：雨衣

（2）

〜分の〜：幾分之幾

問題3

（1）

置き手紙：便條

（2）

順序：順序

ローマ字：羅馬字

（3）

ビデオカメラ：攝錄影機

音楽用：音樂用

（3）〈解答〉　① ② ③ ④

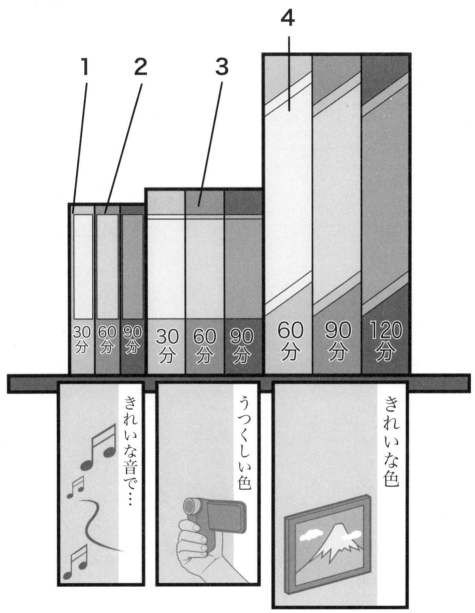

■ 単語メモ ■

問題1

（1）

株価（かぶか）：股價

日経平均（にっけいへいきん）：日經平均股價指數

推移する（すいい）：推移

～前後（ぜんご）：左右、前後

雇用統計（こようとうけい）：雇用統計

～を前に（まえ）：以～為前

様子見状況（ようすみじょうきょう）：此指靜觀其變

（2）

掻く（か）：抓、搔癢

虫（むし）：蟲

刺す（さ）：刺

かゆい：癢的

薬を塗る（くすり・ぬ）：塗藥

ほら：你看（語氣詞）

（3）

グラフ：圖表

～ことは～が～：～是～，但是

例 できることはできるがあまり上手（じょうず）じゃないけど。會是會但是不厲害。

～どころではない：現在不是～的時候

（4）

道を尋ねる（みち・たず）：問路

迷惑をかける（めいわく）：給人添麻煩

（5）

辛い（つら）：身體不舒服，辛苦

問題2

（1）

奥多摩ハイキング（おくたま）：奥多摩遠足（奥多摩為日本東京都最西部的一個地名）

背負う（せお）：背負

役に立つ（やく・た）：有用處

すっぽり：沒有隙縫的套上去

かぶる：戴

フード付き（つ）：有附帽子

レインコート：雨衣

（2）

～分の～（ぶん）：幾分之幾

問題3

（1）

置き手紙（お・てがみ）：便條

（2）

順序（じゅんじょ）：順序

ローマ字（じ）：羅馬字

（3）

ビデオカメラ：攝錄影機

音楽用（おんがくよう）：音樂用

Unit 5　台風とハリケーン

 メモ

〈単語メモ〉

ハリケーン：颶風

台風（たいふう）：颱風

渦巻き（うずま）：漩渦

北半球（きたはんきゅう）：北半球

反時計回り（はんとけいまわ）：逆時針旋轉

自転（じてん）：自轉

〜に伴う（ともな）：伴隨〜

海面（かいめん）：海面

湿る（しめ）：潮濕、濕

栄養（えいよう）：營養

衰える（おとろ）：衰弱、衰退

大西洋（たいせいよう）：大西洋

熱帯サイクロン（ねったい）：熱帶性低氣壓

熱帯低気圧（ねったいていきあつ）：熱帶低氣壓

風速○○メートル（ふうそく）：風速○○公尺

洪水（こうずい）：洪水

土砂崩れ（どしゃくず）：土石流

高潮（たかしお）：滿潮

堤防（ていぼう）：堤防

〈問題〉

1. 本文の内容と合っているものに○を、合っていないものに×をつけてください。

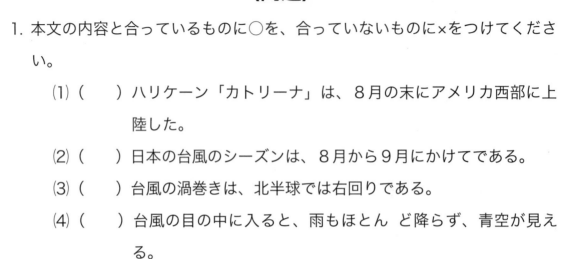

(1)（　　）ハリケーン「カトリーナ」は、8月の末にアメリカ西部に上陸した。

(2)（　　）日本の台風のシーズンは、8月から9月にかけてである。

(3)（　　）台風の渦巻きは、北半球では右回りである。

(4)（　　）台風の目の中に入ると、雨もほとんど降らず、青空が見える。

(5)（　　）台風もハリケーンもサイクロンも、同じ熱帯性低気圧である。

(6)（　　）北西太平洋で発生する台風のほとんどは、毎年日本に上陸している。

(7)（　　）風速17メートルを越した熱帯性低気圧でなければ台風とは呼ばない。

(8)（　　）風速25メートルを越すと、人は歩くことができなくなる。

(9)（　　）「カトリーナ」のときには、洪水で町中が水につかってしまった。

(10)（　　）台風のとき、海のそばの人は、高潮に気をつけなければならない。

2. はじめに質問を読んで、もう一度CDを聴いてください。そして、答えを言ってください。

（1）日本では、どのようなものを台風と呼んでいますか。

　　　⇨ ＿＿＿＿＿＿＿＿＿＿＿＿＿＿＿＿＿＿＿＿＿＿＿＿＿＿＿＿＿＿＿

　　＿＿＿＿＿＿＿＿＿＿＿＿＿＿＿＿＿＿＿＿＿＿＿＿＿＿＿＿＿＿＿＿＿＿。

（2）台風とハリケーンの違いは何ですか。

　　　⇨ ＿＿＿＿＿＿＿＿＿＿＿＿＿＿＿＿＿＿＿＿＿＿＿＿＿＿＿＿＿＿＿

　　＿＿＿＿＿＿＿＿＿＿＿＿＿＿＿＿＿＿＿＿＿＿＿＿＿＿＿＿＿＿＿＿＿＿。

（3）台風の被害にはどのようなものがありますか。

　　　⇨ ＿＿＿＿＿＿＿＿＿＿＿＿＿＿＿＿＿＿＿＿＿＿＿＿＿＿＿＿＿＿＿

　　＿＿＿＿＿＿＿＿＿＿＿＿＿＿＿＿＿＿＿＿＿＿＿＿＿＿＿＿＿＿＿＿＿＿。

（4）あなたは大きい台風を経験したことがありますか。そのときのことを話してください。

　　　⇨ ＿＿＿＿＿＿＿＿＿＿＿＿＿＿＿＿＿＿＿＿＿＿＿＿＿＿＿＿＿＿＿

　　＿＿＿＿＿＿＿＿＿＿＿＿＿＿＿＿＿＿＿＿＿＿＿＿＿＿＿＿＿＿＿＿＿＿。

3. 短い会話を聞いて、最後の文の意味を（a／b）から選んでください。

（1）男：

　　　女：

　　　a．答案用紙に名前を書かないで提出した。

　　　b．答案用紙を提出することができなかった。

（2）男：

　　　女：

　　　a．10時の予約だから、急がなくてはならない。

　　　b．10時の予約だから、急がなくてもいい。

〈実践練習〉

問題1　会話・スピーチ（絵や図がない問題）

（1）〈解答〉　①　②　③　④

　1. ふとんの中央あたり。

　　2. ふとんの手があるあたり。

　　3. ふとんの足があるあたり。

　　4. ふとんの頭があるあたり。

（2）〈解答〉　①　②　③　④

　1. お米の消費量は、1962年以来、減る一方です。

　　2. お米の消費量は、増えたり減ったりです。

　　3. お米の消費量は、1986年からは増え始めています。

　　4. お米の消費量は、減り続けていましたが、最近はやや増えています。

（3）〈解答〉　①　②　③　④

（4）〈解答〉　①　②　③

（5）〈解答〉　①　②　③

問題2　絵・図・写真

（1）〈解答〉　① ② ③ ④

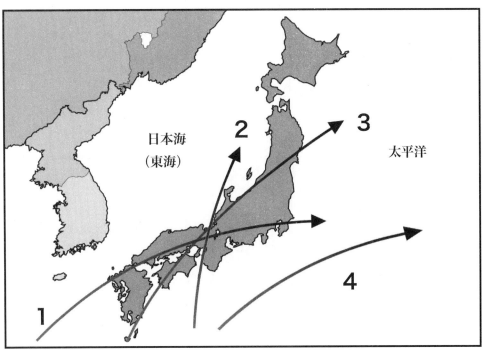

（2）〈解答〉　① ② ③ ④

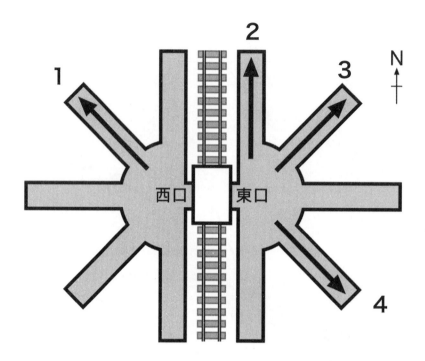

問題3　表・グラフ・資料・掲示物

（1）〈解答〉　① ② ③ ④

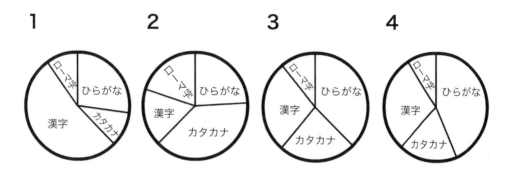

（2）〈解答〉　① ② ③ ④

（3）〈解答〉　①　②　③　④

1		
	1位	電気製品
	2位	煙草
	3位	放火
	4位	焚き火

2		
	1位	煙草
	2位	放火
	3位	電気製品
	4位	焚き火

3		
	1位	煙草
	2位	放火
	3位	電気製品
	4位	ガス製品

4		
	1位	放火
	2位	煙草
	3位	電気製品
	4位	焚き火

■ 単語メモ ■

問題1

（1）

老眼鏡（ろうがんきょう）：老花眼鏡

（お）ふとん：棉被

枕元（まくらもと）：枕邊

〜あたり：〜附近

（2）

〜をピークに：以〜為最高點、頂點

〜弱（じゃく）：接近、將近

落ち込む（おちこむ）：下降、下滑

原因（げんいん）：原因

欧米化（おうべいか）：西化

和食（わしょく）：日式飲食

見直す（みなおす）：重新省視

持ち直す（もちなおす）：轉好

（3）

屋上緑化（おくじょうりょっか）：屋頂綠化

メリット：好處

ヒートアイランド現象（げんしょう）：熱島現象

和らげる（やわらげる）：緩和

冷房費（れいぼうひ）：冷氣費

癒し（いやし）：治癒

（4）

用件（ようけん）：事情

切り出す（きりだす）：說出口

（5）

それほどではない：也沒那麼樣的……（多為謙虛用語）

問題2

（1）

日本列島（にほんれっとう）：日本列島

横断する（おうだん）：橫斷

（〜に）抜ける（ぬける）：穿過（某處）去〜

大雨（おおあめ）：豪雨

各地（かくち）：各地

大水（おおみず）：洪水

〜恐れがある（おそれ）：恐怕有〜的可能

（2）

公会堂（こうかいどう）：公眾聚集起來開會等目的所使用的場所

地下道（ちかどう）：地下道

北東（ほくとう）：東北

問題3

（1）

最も（もっと）：最

だいたい：大概

興味深い（きょうみぶかい）：很感興趣

（2）

メモ：記錄

提出する（ていしゅつ）：提出

（3）

火事（かじ）：火災

タバコの不始末（ふしまつ）：香煙沒妥當善後

放火（ほうか）：放火

たき火（び）：將木材或樹枝等聚集起來後所燃燒的

　火的名稱

上位を占める（じょういをしめる）：佔前面名次

ところが：但是

順位（じゅんい）：順位，順序，名次

ストーブ：加燈油的暖爐

カーテン：窗簾

ケース：盒子

Unit 6　地震大国ニッポン

 メモ

〈単語メモ〉

防災の日：災害防治日

関東大震災：關東大地震

行方不明者：行蹤不明者

教訓：教訓

地震・雷・火事・親父：地震・打雷・火災・

　　老爸

家屋の倒壊：房屋倒塌

被害：災害

停電：停電

地震速報：地震特報

首都圏：首都圏

死亡原因：死亡原因

落下物：掉落物

備えあれば憂いなし：有備無患

非常食：災害時所準備的食物

救急箱：急救箱

非常持ち出し袋：災害時裝貴重物品的袋子

〈問題〉

1. 本文の内容と合っているものに○を、合っていないものに×をつけてください。

⑴ （　　　） 関東大地震は、1923年の9月1日に発生した。

⑵ （　　　） 関東大震災は、日本の歴史上、もっとも大きな地震だった。

⑶ （　　　） 日本人は、家が木造のため、地震の次に火事を恐れている。

⑷ （　　　） 今も昔も、「親父」はとても怖い存在である。

⑸ （　　　） 大きな地震が起こると、停電したり、電車が止まったりする。

⑹ （　　　） 震度6を越すと、人は歩くことができない。

⑺ （　　　） 大きな地震が起こったときは、家の中は危ないので、外に出よう。

⑻ （　　　） 地震の際の死亡原因としては、落下物、火災がほとんどを占める。

⑼ （　　　） 日本の家庭なら、どこでも地震に備えて非常持ち出し袋が置いてある。

⑽ （　　　） 最近、日本だけでなく世界各地で大きな地震が起こっている。

2. はじめに質問を読んで、もう一度CDを聴いてください。そして、答えを言ってください。

（1）どうして、9月1日が「防災の日」と定められたのですか。

⇨ _____

_____。

（2）大きな地震にあったとき、まずどのようにすればいいですか。

⇨ _____

_____。

（3）「備えあれば憂いなし」というのは、どのような意味ですか。

⇨ _____

_____。

（4）あなたが怖いと思うものを、順番に四つあげてください。そして、理由を説明してください。

⇨ _____

_____。

3. 短い会話を聞いて、最後の文の意味を（a／b）から選んでください。

（1）男：

女：

　a．たぶん、外見よりも若いだろう。

　b．たぶん、外見よりも年を取っているだろう。

（2）男：

女：

　a．いつでも料理をテーブルに並べられる状態です。

　b．たった今、料理をテーブルに並べたところです。

〈実践練習〉

問題1　会話・スピーチ（絵や図がない問題）

（1）〈解答〉　① ② ③ ④

 1. 部長のところに行きます。

2. 郵便局に行きます。

3. 銀行に行きます。

4. 電話をします。

（2）〈解答〉　① ② ③ ④

 1. 30人から40人ぐらいです。

2. 20人から30人ぐらいです。

3. 20人よりも少なかったです。

4. 数人しか来ませんでした。

（3）〈解答〉　① ② ③ ④

（4）〈解答〉　① ② ③

（5）〈解答〉　① ② ③

問題2　絵・図・写真

（1）〈解答〉　① ② ③ ④

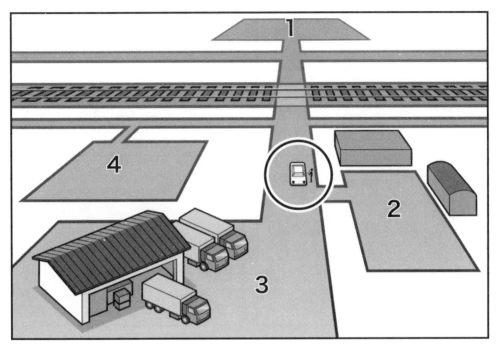

（2）〈解答〉　①　②　③　④

問題3　表・グラフ・資料・掲示物

（1）〈解答〉　① ② ③ ④

> 1　絹の糸
>
> 2　山本愛子（20さい）
>
> 3　(TEL) 03-3333-4321
>
> 4　品川区桜台 4-2-102

（2）〈解答〉　① ② ③ ④

失業率の推移

5 月　　6 月　　7 月　　8 月

（3）〈解答〉　①　②　③　④

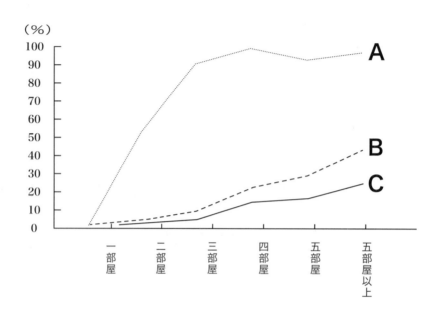

1　A:父親の部屋　　B:子ども部屋　　C:母親の部屋

2　A:子ども部屋　　B:父親の部屋　　C:母親の部屋

3　A:母親の部屋　　B:父親の部屋　　C:子ども部屋

4　A:子ども部屋　　B:母親の部屋　　C:父親の部屋

■ 単語メモ ■

問題1

（1）

係長_{かかりちょう}：組長

部長_{ぶちょう}：經理

目_めを通_{とお}す：過目

はんこ：印章

EMS：國際快捷郵件

（2）

同窓会_{どうそうかい}：同學會

案内状_{あんないじょう}：招待函

宛先不明_{あてさきふめい}：地址不明

期待_{きたい}はずれ：希望落空

（3）

マーケティング：行銷

梅雨_{つゆ}：梅雨

敏感_{びんかん}：敏感

細_{こま}かい：仔細

（4）

あけましておめでとうございます：恭賀新禧

いいお年_{とし}をお迎_{むか}えください：請迎接美好的一年

旧年中_{きゅうねんちゅう}：去年

（5）

たいしたことはない：沒什麼值得一提的事

たいしたもの：好厲害、很棒

なかなかのもの：真不簡單

問題2

（1）

積_つみおろし：放貨卸貨

線路_{せんろ}：鐵路

踏_ふみ切_きり：平交道

手前_{てまえ}：靠自己較近的一方

（2）

タイヤ：輪子，輪胎

パンクする：爆胎

いたずらする：惡作劇

ボディー：（身體）、車體

丸_{まる}い：圓圓的

へこむ：凹、下陷

問題3

（1）

公開_{こうかい}する：公開

はがき：明信片

番組_{ばんぐみ}：（電視）節目

抽選_{ちゅうせん}：抽選

（2）

失業率_{しつぎょうりつ}：失業率

～から～にかけて：從～到～

下降線_{かこうせん}をたどる：往衰退線行進

金融危機_{きんゆうきき}：金融危機

企業_{きぎょう}：企業

倒産：破產

上昇に向かう：朝著上昇的方向

（3）

個室：個人使用的房間

世帯：一個家庭的單位

Unit 7　私のルーツ

　メモ

〈単語メモ〉

とりわけ：特別

～につけ：不論

ポリシー：方針

激昂する：非常生氣

物足りない：不夠、不過癮

～たものだ：回憶以前的事所使用的語氣

かけがえがない：無法取代的

ルーツ：根

志す：志望

イメージする：想像

思い描く：在心中描繪自己的想像

見通す：預測（看穿）

築く：經營

〈問題〉

1. 本文の内容と合っているものに○を、合っていないものに×をつけてください。

 ⑴（　　　）この人は、自分のルーツは中学校時代に作られたと思っている。

 ⑵（　　　）誰にとっても、中学時代こそが最も大切な時期だと言える。

 ⑶（　　　）中学時代のこの人は、友達と一緒にいる時間を最も大切にした。

 ⑷（　　　）この人は、今も友だちと何時間も電話で話したりすることがある。

 ⑸（　　　）この人は、友情こそ人生で最も大切なものだと考えている。

 ⑹（　　　）「風の谷のナウシカ」はこの人の人生に大きな影響を与えた。

 ⑺（　　　）この人は、今、大学院で環境問題を研究している。

 ⑻（　　　）この人は、中学時代から環境問題の研究者になりたいと考えていた。

 ⑼（　　　）この人は、夢を持って、一歩一歩努力することの大切さを述べている。

 ⑽（　　　）この話は、有意義な学生時代の過ごし方について述べたものである。

2. はじめに質問を読んで、もう一度CDを聴いてください。そして、答えを言ってください。

（1）この人にとって、中学時代はどのような時期でしたか。

　　⇨ ＿＿＿＿＿＿＿＿＿＿＿＿＿＿＿＿＿＿＿＿＿＿＿＿＿＿＿＿＿

　　＿＿＿＿＿＿＿＿＿＿＿＿＿＿＿＿＿＿＿＿＿＿＿＿＿＿＿＿＿＿＿。

（2）ここで言う「ルーツ」はどのような意味ですか。

　　⇨ ＿＿＿＿＿＿＿＿＿＿＿＿＿＿＿＿＿＿＿＿＿＿＿＿＿＿＿＿＿

　　＿＿＿＿＿＿＿＿＿＿＿＿＿＿＿＿＿＿＿＿＿＿＿＿＿＿＿＿＿＿＿。

（3）この人が、話の中で一番言いたいことは何ですか。

　　⇨ ＿＿＿＿＿＿＿＿＿＿＿＿＿＿＿＿＿＿＿＿＿＿＿＿＿＿＿＿＿

　　＿＿＿＿＿＿＿＿＿＿＿＿＿＿＿＿＿＿＿＿＿＿＿＿＿＿＿＿＿＿＿。

（4）今のあなたにとって、一番大切なものはなんですか。それはどうしてですか。

　　⇨ ＿＿＿＿＿＿＿＿＿＿＿＿＿＿＿＿＿＿＿＿＿＿＿＿＿＿＿＿＿

　　＿＿＿＿＿＿＿＿＿＿＿＿＿＿＿＿＿＿＿＿＿＿＿＿＿＿＿＿＿＿＿。

3. 短い会話を聞いて、最後の文の意味を（a／b）から選んでください。

（1）男：

　　女：（MP3 7-02）

　　　a．もう少しで、バイクにはねられるところだった。

　　　b．たった今、バイクにはねられたところだった。

（2）男：

　　女：（MP3 7-03）

　　　a．焦ってもしかたがない。

　　　b．焦らなくてもいい。

〈実践練習〉

問題1　会話・スピーチ（絵や図がない問題）

（1）〈解答〉　① ② ③ ④

 1. 感謝しています。

2. 迷惑しています。

3. 遠慮しています。

4. 怒っています。

（2）〈解答〉　① ② ③ ④

 1. プラスチック製品です。

2. ガラス製品です。

3. 古新聞や古雑誌です。

4. 空き缶です

（3）〈解答〉　① ② ③ ④

（4）〈解答〉　① ② ③

（5）〈解答〉　① ② ③

問題2　絵・図・写真

（1）〈解答〉　①　②　③　④

日	月	火	水	木	金	土
					1	2
3	4	5	6	7	8	9
10	11	12	13	⑭	⑮	⑯
⑰	18	19	20	21	22	23
24	25	26	27	28	29	30

（2）〈解答〉　①　②　③　④

問題3　表・グラフ・資料・掲示物

（1）〈解答〉　① ② ③ ④

	動物	植物
1	増える	増える
2	減る	増える
3	減る	減る
4	変わらない	変わらない

（2）〈解答〉　① ② ③ ④

1	2
田中 333-47138 山田 303-2313	田中 333-47183 山田 303-2313
3	4
田中 333-2313 山田 333-47138	山田 303-2313 田中 333-47183

（3）〈解答〉　①　②　③　④

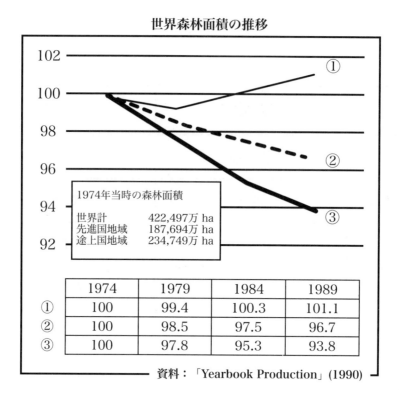

世界森林面積の推移

1974年当時の森林面積

世界計	422,497万	ha
先進国地域	187,694万	ha
途上国地域	234,749万	ha

	1974	1979	1984	1989
①	100	99.4	100.3	101.1
②	100	98.5	97.5	96.7
③	100	97.8	95.3	93.8

資料：「Yearbook Production」(1990)

1　①　先進国　　②　世界全体　③　途上国

2　①　先進国　　②　途上国　　③　世界全体

3　①　世界全体　②　途上国　　③　先進国

4　①　途上国　　②　世界全体　③　先進国

■ 単語メモ ■

問題1

（1）

なんとか：雖不是很完善，但也總算〜了

片<ruby>付<rt>かた</rt></ruby>づく：整理、收拾、處理完

やっと：終於

せっかく：難得

<ruby>残業<rt>ざんぎょう</rt></ruby>する：加班

とんでもない：沒這麼回事

（2）

<ruby>資源<rt>しげん</rt></ruby>ゴミ：資源垃圾

<ruby>金属<rt>きんぞく</rt></ruby>：金屬

アルミ：鋁

スチール：鋼鐵

（3）

<ruby>聴解力<rt>ちょうかいりょく</rt></ruby>：聽力

<ruby>一面<rt>いちめん</rt></ruby>：此指報紙的第一版、頭版

<ruby>記事<rt>きじ</rt></ruby>：報導

なるほど：原來是這樣

<ruby>社説<rt>しゃせつ</rt></ruby>：社論

<ruby>丁寧<rt>ていねい</rt></ruby>：此指『仔細』之意

<ruby>早速<rt>さっそく</rt></ruby>：趕快、立即

（4）

<ruby>上司<rt>じょうし</rt></ruby>：上司、主管

〜させてください：請讓我〜

（5）

<ruby>願<rt>ねが</rt></ruby>ってもない：求之不得

<ruby>気の毒<rt>き どく</rt></ruby>：好可憐、讓人憐憫

問題2

（1）

<ruby>展覧会<rt>てんらんかい</rt></ruby>：展示會

<ruby>版画<rt>はん が</rt></ruby>：版畫

<ruby>勘弁<rt>かんべん</rt></ruby>する：此指『饒了我吧』之意

のんびりする：慢慢的、悠閒的

（2）

<ruby>開演<rt>かいえん</rt></ruby>：開演

問題3

（1）

<ruby>動物<rt>どうぶつ</rt></ruby>・<ruby>植物<rt>しょくぶつ</rt></ruby>：動物、植物

〜つつある：逐漸在進行中

〜がちだ：易有〜的傾向

<ruby>生物学者<rt>せいぶつがくしゃ</rt></ruby>：生物學家

<ruby>事態<rt>じたい</rt></ruby>：事物的狀態、情勢

（2）

<ruby>会員名簿<rt>かいいんめい ぼ</rt></ruby>：會員通訊錄

〜<ruby>箇所<rt>か しょ</rt></ruby>：〜個地方

<ruby>削除<rt>さくじょ</rt></ruby>する：刪除

（3）

<ruby>森林面積<rt>しんりんめんせき</rt></ruby>：森林面積

<ruby>推移<rt>すい い</rt></ruby>：推移

<ruby>途上国地域<rt>と じょうこく ち いき</rt></ruby>：發展中國家

Unit 7　私のルーツ

先進国地域：先進國家
<small>せんしんこく ち いき</small>

食糧不足：糧食短缺
<small>しょくりょう ぶ そく</small>

畑地開墾：農地開墾
<small>はた ち かいこん</small>

燃料用木材：以燃料用為目的的木材
<small>ねんりょうようもくざい</small>

伐採：砍伐
<small>ばっさい</small>

引き起こす：引發、引起
<small>ひ お</small>

Unit 8　日本のマンガブーム

メモ

〈単語メモ〉

半ば：（期間、時代）中期，一半

ブーム：熱潮

書店：書店

マンガコーナー：漫畫區

ファン：粉絲

〜を通じて：藉由、經由

憧れ：憧憬

イメージ：印象

翻訳する：翻譯

イベント：活動

訪れる：拜訪

アニメキャラ：漫畫人物

コスプレ：模仿漫畫裡的人物所穿著的衣服

熱気ムンムン：表會場充滿熱潮

正義：正義

主人公：男主角

ヒーロー：英雄

ヒロイン：女主角

やっつける：好好修理一頓

わりと：比較

単純：單純

背景：背景

取り扱う：處理、製作

恋愛：戀愛

ＳＦ：科幻

ギャグ：玩笑話

ジャンル：領域、種類

扱う：製作

娯楽の域：娛樂領域

超える：超過

ストーリー：故事

多彩：多彩

〜向け：針對

固定する：固定

〈問題〉

1. 本文の内容と合っているものに○を、合っていないものに×をつけてください。

⑴（　　）ヨーロッパでも、日本のマンガは人気が高い。

⑵（　　）「マンガ」と言えば、今では欧米でも意味が通じる。

⑶（　　）欧米の人は日本に対して、あまりいい印象を持っていない。

⑷（　　）日本のマンガは、日本の文化を海外に知らせる役割を果たしている。

⑸（　　）欧米の大人は、まだ日本のマンガを受け入れていない。

⑹（　　）パリ・ジャパン・エキスポは、欧米の日本マンガのファンたちの集まりだった。

⑺（　　）欧米のマンガは、取り扱うテーマは狭いが、内容は深い。

⑻（　　）日本には正義の主人公が悪人をやっつけるといったストーリーのマンガはない。

⑼（　　）日本のマンガは、絵もストーリーも高度な物が多い。

⑽（　　）日本では、マンガは娯楽よりも教育を目的とするものが多い。

2. はじめに質問を読んで、もう一度CDを聴いてください。そして、答えを言ってください。

（1）欧米では、マンガはどのようなものと考えられていましたか。

⇨ _____

_____。

（2）日本のマンガが内容も高度で表現方法も多彩なのは、どうしてですか。

⇨ _____

_____。

（3）日本のマンガが、欧米で受け入れられたのはどうしてですか。

⇨ _____

_____。

（4）あなたは日本のマンガを読んだことがありますか。あなたは、日本のマンガについて、どのような印象を持ちましたか。

⇨ _____

_____。

3. 短い会話を聞いて、最後の文の意味を（a／b）から選んでください。

（1）男：

（MP3 8-02）女：

a．男の人は、長い時間、待たされました。

b．男の人は、たった今、来たばかりです。

（2）男：

（MP3 8-03）女：

a．あなたは行かない方がいいです。

b．あなたが行く必要はありません。

〈実践練習〉

問題1　会話・スピーチ（絵や図がない問題）

（1）〈解答〉　①　②　③　④

　1. 風邪を引いたから。

　　　　2. お酒を飲みすぎたから。

　　　　3. 子供の成績が悪いから。

　　　　4. 収入が減ったから。

（2）〈解答〉　①　②　③　④

　1. 脂を取らないようにする。

　　　　2. 食事をする回数を減らす。

　　　　3. パンは減らして、ご飯にする。

　　　　4. 適度な運動する。

（3）〈解答〉　①　②　③　④

（4）〈解答〉　①　②　③

（5）〈解答〉　①　②　③

問題2　絵・図・写真

（1）〈解答〉　① ② ③ ④

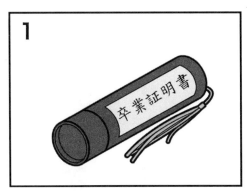

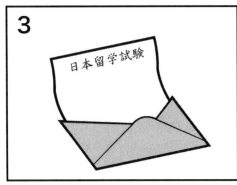

（2）〈解答〉　①　②　③　④

たいせつ　ごい　　　じゅんじょ　ひょうげん
大切な語彙　ー順序の表現ー

①　まず・最初に・はじめに／それから・次に・二番目に／
　　○番目に／最後に

②　〜前に／〜に当たって／〜に先だって／〜ないうちに

③　〜後で／〜てから／（〜た）上で／その後

④　〜途中（に／で）／〜間に／〜うちに

問題3　表・グラフ・資料・掲示物

（1）〈解答〉　① ② ③ ④

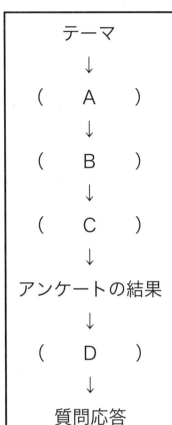

男子学生と女子学生が、ゼミにおける発表順番について話しています。（　C　）に入るのはどれですか。

1　今後の予定
2　文献紹介
3　目的
4　アンケート内容

（2）〈解答〉　①　②　③　④

アルバイト予定表					
	4	5	6	7	8	9時
月		←——————————————→				
火		←——————————→				
水			←————————————→			
木		←——————————→				
金		←——————————————→				

（3）〈解答〉　① ② ③ ④

5月30日　休講のお知らせ

1時間目　経営学　204教室 夏休み中の補講	1時間目　心理学　302教室 要レポート提出
1時間目　地理学　204教室 次回　テスト	2時間目　社会学　302教室 要レポート提出

1　経営学

2　心理学

3　地理学

4　社会学

■ 単語メモ ■

問題1

（1）

馬鹿言うんじゃない：別亂說話（給我閉嘴）

収入：収入

（2）

ダイエット：痩身

揚げ物：油炸類食物

油：油

〜っぽい：有〜的傾向

どちらかと言えば：如果真的要說的話

〜ものではない：不是這樣的

脂っけ：油脂類的東西

逆効果：反效果

〜に応じた：配合、符合

エクササイズ：訓練、運動、練習

（3）

眠る：睡覺

ビタミンＣ：維他命C

予防：預防

落ち着く：平靜

神経が休まる：讓神經休息

糖を分解する：分解糖分

血糖値：血糖値

整える：調整

便秘：便秘

悩む：煩惱

（4）

声が遠い：聲音聽不太清楚

問題2

（1）

願書：申請書

卒業証明書：畢業證書

提出：提出

専門科目：專攻

筆記試験：筆試

（2）

醤油：醬油

クリーニング：乾洗

ついでに：順便、順道

ばれたか：被揭穿了啊、被發現了啊

問題3

（1）

ゼミ：講習

アンケート：問卷調查

参考文献：參考文獻

説得力：說服力

質疑応答：口試

（2）

シフト：（値勤）班表

引き継ぎ：此指接班之意

〜どおり：如同〜一樣

（3）

休講：停課

損をする：損失，吃虧

〜かわりに：代替、取代

レポートの提出：提交報告

補講：補課

まし：總比〜還好

Unit 9　日本は単一民族？

 メモ

〈単語メモ〉

アイヌ：愛奴人

せんじゅうみんぞく
先住民族：原住民族

サハリン：北海道北方的島

ちしまれっとう
千島列島：千島列島

サケ（鮭）：鮭魚

ちめい
地名：地名

なごり
名残：此指留有原先愛奴語言

ほうりつ
法律：法律

むり
無理やり：未經他人允許強行做某事

きょうせい
強制する：強行

うつ
受け継ぐ：承接、繼承

でんとうぶんか
伝統文化：傳統文化

どうかせいさく
同化政策：同化政策；政府強迫少數民族放棄
　　　　　他們原有的文化、語言等等的政策

たんいつみんぞくこっか
単一民族国家：單一民族國家

むし
無視する：無視於存在

けんり
権利：權利

かん
～に関する：關於～

こくれん　　そうかい　　せんげん
国連（総会／宣言）：聯合國（總會／宣言）

いきお
勢いづく：聲勢變大

いてん
移転する：移轉

さべつ
差別：歧視

こくさいよろん
国際世論：國際輿論

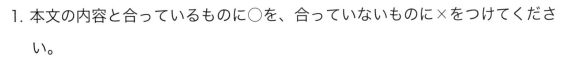

1. 本文の内容と合っているものに○を、合っていないものに×をつけてください。

  (1)（ ）現在では、アイヌは先住民族として認められている。

  (2)（ ）アイヌの人たちは、農業をして暮らしていた。

  (3)（ ）北海道には、アイヌ語の地名がたくさん残っている。

  (4)（ ）明治時代になって、アイヌ民族は、自ら進んで日本語を学んだ。

  (5)（ ）明治政府は、アイヌの人たちに日本人になることを強制した。

  (6)（ ）ほとんどのアイヌの人たちは、現在、北海道に住んでいる。

  (7)（ ）明治以来、長い間、日本は単一民族国家であるとされてきた。

  (8)（ ）アイヌ民族は、今の日本人よりも古くから日本列島に住んでいた。

  (9)（ ）「北海道ウタリ協会」は、先住民族の権利を求めて闘ってきた。

  (10)（ ）アイヌ民族と似た状況に置かれた先住民族は世界各地にいる。

2. はじめに質問を読んで、もう一度CDを聴いてください。そして、答えを言ってください。

（1）アイヌ民族というのは、どのような民ですか。

⇨ _____

_____。

（2）明治政府がアイヌ民族に対して行ったような「アイヌ民族の日本人化政策」のことを、一般にはどう言いますか。

⇨ _____

_____。

（3）日本政府がアイヌ民族を先住民族として認めることになったのは、どうしてですか。

⇨ _____

_____。

（4）あなたの国には、いくつの民族が住んでいますか。また、少数民族に対してはどのような政策がとられていますか。

⇨ _____

_____。

3. 短い会話を聞いて、最後の文の意味を（a／b）から選んでください。

（1）男：

（MP3 9-02）女：

　　a．とても信じられません。　　　　b．やはり、そうでしたか。

（2）男：

（MP3 9-03）女：

　　a．残念だけど、歩いて帰るしか方法がありません。

　　b．歩いて帰ればいいのだから、心配しなくてもいいです。

〈実践練習〉

問題1　会話・スピーチ（絵や図がない問題）

（1）〈解答〉　① ② ③ ④

1. 女の人が、約束の場所を間違えました。

2. 女の人が、約束の時間を間違えました。

3. 女の人が、約束の曜日を間違えました。

4. 女の人が、約束したことを忘れていました。

（2）〈解答〉　① ② ③ ④

1. 財布と相談して買った方がいい。

2. できるだけ安く買った方がいい。

3. 少し少なめに買った方がいい。

4. 必要なだけ買った方がいい。

（3）〈解答〉　① ② ③ ④

（4）〈解答〉　① ② ③

（5）〈解答〉　① ② ③

問題2　絵・図・写真

（1）〈解答〉　①　②　③　④

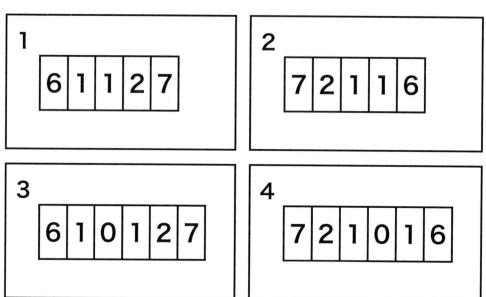

（2）〈解答〉　① ② ③ ④

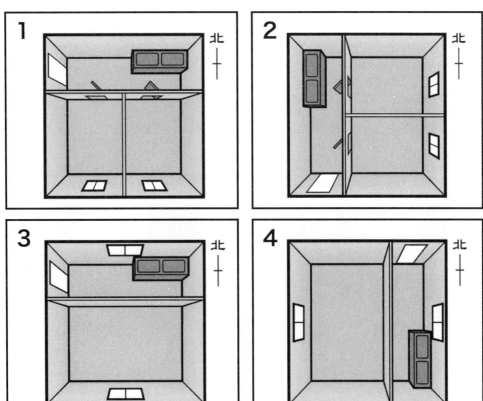

問題3　表・グラフ・資料・掲示物

（1）〈解答〉　①　②　③　④

MP3
9-11

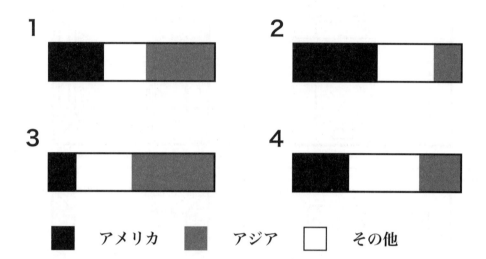

1

2

3

4

■　アメリカ　　■　アジア　　□　その他

（2）〈解答〉　① 　② 　③ 　④

1

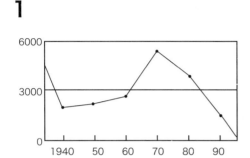

2

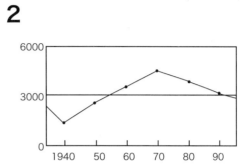

3

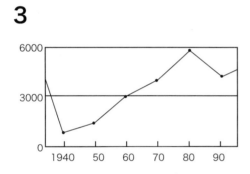

4

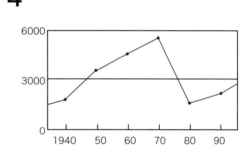

大切な語彙　～グラフの見方～

〈変化を表す表現〉

① 増えている／増加している／上昇している／伸びている／右上がり

② 増える一方だ／うなぎ登り

③ 減っている／減少している／減少傾向にある／下降している／

　 右下がり

④ 伸び悩んでいる

⑤ 横ばい状態／増減を繰り返している

⑥ ～を上回る／～を追いぬく

⑦ ～を下回る

⑧ 持ち直す

〈割合を表す表現〉

⑨ （5分の1／20％（パーセント）／2割）を占めている

⑩ （2分の1／50％／5割／半分）を占めている

⑪ 50％強／50％以上／50％を超える

⑫ 50％弱／50％以下／50％に満たない

■ 単語メモ ■

問題1

（1）

ハチ<ruby>公前<rt>こうまえ</rt></ruby>：東京渋谷區内的地名

<ruby>埋<rt>う</rt></ruby>め<ruby>合<rt>あ</rt></ruby>わせをする：彌補，補缺

（2）

<ruby>威勢<rt>いせい</rt></ruby>がいい：有活力

さあさあ：催促對方時的一種加強語氣

まとめる：此為一起之意

<ruby>別々<rt>べつべつ</rt></ruby>：分別的、個別的

〜<ruby>切<rt>き</rt></ruby>る：〜盡、〜光光、〜完

<ruby>叱<rt>しか</rt></ruby>る：斥責

<ruby>経済的<rt>けいざいてき</rt></ruby>：經濟、划算

（3）

<ruby>都内<rt>とない</rt></ruby>：東京都内

アンケート<ruby>調査<rt>ちょうさ</rt></ruby>：問卷調査

<ruby>優先順位<rt>ゆうせんじゅんい</rt></ruby>：優先順序

<ruby>地域<rt>ちいき</rt></ruby>：地域

<ruby>安全<rt>あんぜん</rt></ruby>：安全

（4）

ハンコ：印章

サイン：簽名

問題2

（1）

スーツケース：行李箱

<ruby>一桁<rt>けた</rt></ruby>：一個進位

ゼロ：零

パスポート：護照

（2）

<ruby>南向<rt>みなみむ</rt></ruby>き：朝南

２DK：餐廳兼廚房加上兩間房的格局簡稱

問題3

（1）

<ruby>特徴的<rt>とくちょうてき</rt></ruby>：特徵

アジア：亞洲

ベトナム：越南

マレーシア：馬來西亞

タイ：泰國

<ruby>僅<rt>わず</rt></ruby>か：僅僅〜、只有〜

ヨーロッパ：歐洲

<ruby>上回<rt>うわまわ</rt></ruby>る：超過

（2）

<ruby>国際電報<rt>こくさいでんぽう</rt></ruby>：國際電報

<ruby>使用件数<rt>しようけんすう</rt></ruby>：使用件數

<ruby>大幅<rt>おおはば</rt></ruby>：大幅

<ruby>落<rt>お</rt></ruby>ち<ruby>込<rt>こ</rt></ruby>む：失落

<ruby>回復<rt>かいふく</rt></ruby>する：恢復

ファクシミリ：傳真機

インターネット：網路

<ruby>急激<rt>きゅうげき</rt></ruby>：突然的變化

<ruby>下回<rt>したまわ</rt></ruby>る：比〜少，少於〜

Unit10　女性天皇の行方

 メモ

〈単語メモ〉

天皇：天皇

まとまり：整體性

シンボル：象徴

憲法：憲法

世襲：世襲

跡継ぎ：繼承人

皇室典範：皇室典範

血縁者：有血緣關係者

中継ぎ：一時的繼承人

みなす：看做、認為

ところが：但是

一旦：只要一次～就～

血筋：血脈、血統

途絶える：斷掉

国民主権：國民主權

角度：角度

〈問題〉

1. 本文の内容と合っているものに○を、合っていないものに×をつけてください。

(1)（　　）天皇は日本国の象徴であり、憲法の第一条で決められている。

(2)（　　）日本国の天皇は、国民の選挙によって選ばれる。

(3)（　　）天皇には、血のつながりがある男子だけがなることができる。

(4)（　　）日本の歴史の中では、女性が天皇になったケースはない。

(5)（　　）最近、女性も天皇になれるようにしようという動きがある。

(6)（　　）天皇家は古代から現在に至るまで父系で続いてきた家系である。

(7)（　　）日本の国民の中では、女性天皇を認める世論の方が強い。

(8)（　　）日本には、女性天皇を認めることに、根強い反対がある。

(9)（　　）筆者は、女性天皇を認めることに反対している。

(10)（　　）筆者は、国民主権の立場に立って、女性天皇を認めるかどうか、決めればいいと考えている。

2. はじめに質問を読んで、もう一度CDを聴いてください。そして、答えを言ってください。

（1）「世襲」というのは、どういう意味ですか。

⇨ ＿＿＿＿＿＿＿＿＿＿＿＿＿＿＿＿＿＿＿＿＿＿＿＿

＿＿＿＿＿＿＿＿＿＿＿＿＿＿＿＿＿＿＿＿＿＿＿＿。

（2）日本で女性天皇を認める動きが起こったのはどうしてですか。

⇨ ＿＿＿＿＿＿＿＿＿＿＿＿＿＿＿＿＿＿＿＿＿＿＿＿

＿＿＿＿＿＿＿＿＿＿＿＿＿＿＿＿＿＿＿＿＿＿＿＿。

（3）女性が天皇になることに反対している人たちがいますが、それはどうしてですか。

⇨ ＿＿＿＿＿＿＿＿＿＿＿＿＿＿＿＿＿＿＿＿＿＿＿＿

＿＿＿＿＿＿＿＿＿＿＿＿＿＿＿＿＿＿＿＿＿＿＿＿。

（4）あなたが日本人だとしたら、女性天皇に賛成しますか、反対しますか。理由も含めて話してください。

⇨ ＿＿＿＿＿＿＿＿＿＿＿＿＿＿＿＿＿＿＿＿＿＿＿＿

＿＿＿＿＿＿＿＿＿＿＿＿＿＿＿＿＿＿＿＿＿＿＿＿。

3. 短い会話を聞いて、最後の文の意味を（a／b）から選んでください。

（1）男：

女：

　　ａ．落第するかもしれません。　　　ｂ．落第してはいけません。

（2）男：

女：

　　ａ．10万円は無理だが、5万円なら貸してあげることができます。

　　ｂ．5万円も持っていないのだから、10万円も貸せるわけがありません。

〈実践練習〉

問題1　会話・スピーチ（絵や図がない問題）

（1）〈解答〉　① ② ③ ④

1. デザイナーです。

2. 宇宙飛行士です。

3. パイロットです。

4. エンジニアです。

（2）〈解答〉　① ② ③ ④

1. 自分は行きたいと思っていますが、谷本さんに遠慮しています。

2. この男の人とは、あまり行きたくないと思っています。

3. 谷本さんが行けなければ、行ってもいいと思っています。

4. 谷本さんと三人一緒なら、行ってもいい思っています。

（3）〈解答〉　① ② ③ ④

（4）〈解答〉　① ② ③

（5）〈解答〉　① ② ③

問題2　絵・図・写真

（1）〈解答〉　①　②　③　④

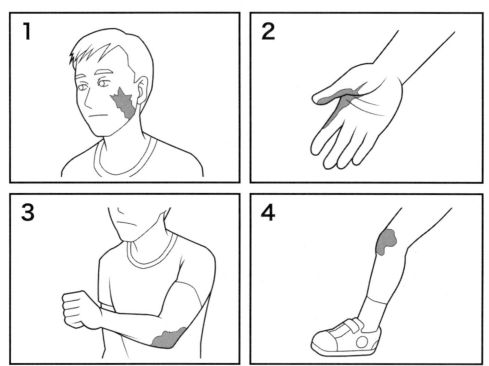

（2）〈解答〉　①　②　③　④

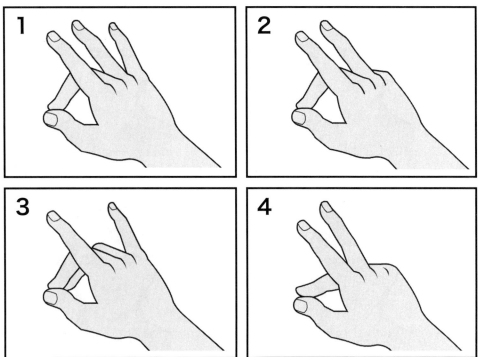

（3）〈解答〉　①　②　③　④

大切な語彙　―体の部分―

① 頭／顔／首／背中／腹（お腹）／尻／足／腕／手

② 〈顔の部分〉目／口／鼻／耳／あご／ほほ／唇／額／おでこ／ほくろ

③ 〈腕・手の部分〉ひじ／手首／指（親指／人差し指／中指／薬指／小指）／指先／爪

④ 〈足の部分〉ひざ／足首／かかと／つま先

問題3　表・グラフ・資料・掲示物

（1）〈解答〉　① ② ③ ④

1

選択科目	記入欄
教養	フランス語
科学	物理
社会	歴史

2

選択科目	記入欄
教養	芸術
科学	生物
社会	歴史

3

選択科目	記入欄
教養	英語
科学	生物
社会	歴史

4

選択科目	記入欄
教養	宗教
科学	物理　化学
社会	地理

（2）〈解答〉　①　②　③　④

1

和	6
DK	4.5

＊バス・トイレ付き
＊¥　70,000
＊礼1　敷2
＊女性に限る

2

和	6
K	3

＊バス・トイレ付き
＊¥　60,000
＊礼2　敷1

3

和	6
洋	3
DK	4.5

＊バス・トイレ付き
＊¥　85,000
＊礼2　敷2

4

和	6
DK	4.5

＊バス・トイレ付き
＊¥　65,000
＊礼1　敷2

■ 単語メモ ■

問題1

（1）

憧れる：憧憬、嚮往

パイロット：飛機駕駛員

惜しい：可惜

デザイナー：設計師

エンジニア：工程師

（2）

サッカー観戦：看足球

誘う：邀約

ファン：粉絲

（3）

蛇：蛇

ペット：寵物

飼う：飼養

手間がかかる：花功夫

動機：動機

吠える：吠、叫

迷惑をかける：給人添困擾

（4）

まもなく：即將

（5）

大水：洪水

体育館：體育館

避難する：避難

問題2

（1）

けがをする：受傷

滑る：滑

転ぶ：摔跤、跌倒

とっさに：那一瞬間

ひじ：手肘

ありさま：這個樣子

〜おかげで：多虧了〜

（2）

すごい：好厲害

〜なんて：表謙遜的語氣

（3）

頬：臉頰

ほくろ：痣

問題3

（1）

選択科目：選修科目

教養：人文

芸術・宗教・語学：藝術・宗教・語學

生物・物理・化学：生物・物理・化學

歴史・地理・公民：歷史・地理・公民

ただし：不過

〜に限って：只限於〜

（2）

6畳：塌塌米6帖的大小

なんとか：雖不是很完善但差強人意

和室：日式風格的房間

洋室：洋式風格的房間

バス・トイレ付き：附廁所和浴室

敷金：保證金

礼金：答謝金

N3（準二級）
聴解内容

Unit 1　桜前線

〈基本練習〉

　桜前線とは、日本各地の桜の開花日を線で結んだもので、天気図の前線のような線になることから桜前線と呼ばれています。開花とは花が5〜6輪開いた状態のことです。さくらの開花は、一般的に標高が100m高くなるごとに約2〜3日遅くなります。なお、満開とは、約80％以上が開花した状態のことです。

　さて、よく「桜前線が北上」というフレーズを使いますが、これは、日本列島を南から北へと桜の開花が進んでいくからです。

　例年1月中に沖縄・奄美地方でヒカンザクラが開花し、3月後半に西日本と東日本の太平洋側でソメイヨシノが開花して、4月の初めごろ満開となります。その後、桜前線は北上していき、4月末には東北地方北部でも開花。5月に入って北海道でもソメイヨシノやエゾヤマザクラ、チシマザクラなどが開花し、5月下旬に北海道東部でも開花して、桜前線も終わりとなります。

　桜前線といえば気象庁が発表するものと思われがちですが、実はちょっと違います。そもそも、「桜前線」というのはマスコミの造語で、気象庁では「さくらの開花日の等期日線」といいます。これは、「さくらの開花予想の等期日線」で、実際の開花日ではなく開花予想です。気象庁では、気温のデータと過去の開花日をもとに、コンピューターを使って開花予想を出して、毎年3月初めに第1回の「さくらの開花予想」を発表し、以後1週間おきに4月下旬の第8回まで開花予想の発表を行っています。

　最近は、民間企業や一般の方のネットワークで独自の桜前線を調査・発表するところもあり、判断材料や基準の違いから桜前線も多様化しています。

3

（1）男：このネクタイ、どう？
　　女：なかなかいいんじゃない。

（2）男：この馬の刺身はおいしいですよ。あなたも召し上がりますか。
　　女：けっこうです。

〈実践練習〉

問題1

（1）男の人と女の人が話しています。会話の内容と合っているのはどれですか。

女：スペースシャトルの中では、いつも泳いでいるんですか。

男：ええ。宇宙では重力がありませんから、歩くことはできないんですよ。

女：お風呂はどうしているんですか。

男：水はボール状になってしまうので、お風呂に入ることができません。ですから、一日一回、体をタオルで拭いていました。

女：宇宙に行くと身長が伸びるという話は本当ですか。

男：ええ、5〜6センチ高くなります。でも、地球に戻ったら、元に戻ります。

（問）会話の内容と合っているのはどれですか。

（2）男の人と女の人が話しています。李君は今どこにいますか。

男：大変、大変。少し前、李君が交通事故にあって、救急車で運ばれたそうだ。

女：え？ほんとう？

男：うん。今さっき学校に連絡があったんだ。

（問）李君は今どこにいますか。

（3）男の人が話しています。

男：私は先週の日曜日、日本の友達と井の頭公園へ花見に行く約束をしました。友達とは吉祥寺駅の改札口で、10時に会う約束でした。私は新宿駅から中央線に乗ったのですが、電車は吉祥寺駅を通り過ぎてしまいました。なんと、私が乗ったのは特別快速電車でした。

私は慌てて次の駅で降りて、急いで吉祥寺駅まで引き返しました。吉祥寺駅に着いたときは、10時半になっていましたが、友達は待っていてくれました。

（問）男の人はどうして、約束の時間に間に合わなかったのですか。

1. 約束の時間を間違えたからです。
2. 乗る駅を間違えたからです。
3. 特別快速電車に乗ったからです。
4. 降りる駅を間違えたからです。

（4）10年ぶりに同窓会で高校時代の先生に会いました。最初にどう言いますか。

（答）

1. 先生、ごぶさたしています。
2. 先生、今も高校にお勤めですか。
3. 先生、どうしていましたか。

（5）話を聞いて、それに対する正しい答えを選んでください。

男：こんにちは。どこかお出かけですか。

女：（…………）。

（答）

1. いいえ、どこへも出かけません。
2. ええ、これから出かけます。
3. ええ、ちょっとそこまで。

問題2

（1）男の人と女の人が話しています。二人はどの部屋にしましたか。

女：このマンション、公園がすぐ側にあるし、なかなかいいね。

男：うん。家賃もそれほど高くないし、ここにするか。でも、一階はやめよう。外から中が見えてしまうから。

女：ええ。だったら、二階にする？

男：景色のいい上のほうにしない？公園がよく見えるほう。

女：そうね。

（問）二人はどの部屋にしましたか。

（2）男の人と女の人が話しています。二人はどこで待ち合わせますか。

女：どこで待ち合わせる？

男：改札口を出たところのコンビニの前はどう？どうせ君は遅刻するんだから、僕は雑誌でも立ち読みしながら待っているよ。それとも、切符売り場の前にする？

女：私は電車で行くから、改札を出たくないの。出ると、お金もかかるしさ。

男：しかし、改札口じゃ混み合うし。

女：じゃ、この前と同じ場所にしましょ。

男：うん、そうしよう。

（問）二人はどこで待ち合わせますか。

（3）男の人と女の人が話しています。女の人の飲み物を買うには、どのボタンを押せばいいですか。

女：何か飲む？

男：そうだね。熱くて、ミルクたっぷりの甘いココアがいいね。君は？

女：私はホット・コーヒーのブラックにする。

（問）女の人の飲み物を買うには、どのボタンを押せばいいですか。

問題3

（1）男の人と女の人が話しています。この会社の売上高を表しているグラフはどれですか。

女：この会社の売上高は、最近、横ばい状態ですね。

男：ええ、ずっと業績も上向いていたのですが、ご覧のようにこの数年は伸び悩んでいます。

(問) この会社の売上高を表しているグラフはどれですか。

（2）男の人と女の人が話しています。男の人はいつ本を借りましたか。

女：この伊豆観光のガイドブック、いつ図書館で借りたの？

男：先週の週末だったと思うけど、いつだったかなぁ？

女：伊豆に行ったのは土日だから、その前ね。

男：思い出した。借りたのは、旅行に行く前の日だった。

女：今日が18日だから、もう一週間過ぎているわよ。

男：しまった。返す日を過ぎちゃった。

(問) 男の人はいつ本を借りましたか。

Unit 2　火山と温泉

〈基本練習〉

このあいだ、家族で温泉に行きました。家族いっしょにのんびり温泉につかって、おいしい料理を食べて、とても楽しかったです。

温泉というのは、火山の熱が温めたものだそうです。温泉は火山の恵みの一つなのですが、火山は、ときに恐ろしい災害ももたらします。

過去2000年の間に噴火したことがある火山を「活火山」と呼びますが、世界には500ぐらいあります。そのうち、なんと108もの活火山が日本にあります。富士山も一番近い昔では約300年前に大噴火した活火山なのです。

日本ではこれまで100年に5、6回くらいの割合で「大きな噴火」が起こっています。それにしても、最近、地震や火山の噴火が相次いでいます。地球の内部で何かが起こっているのかもしれません。

さて、大きな温泉地に行けば、ほとんどのところに露天風呂があります。広い屋外で風呂に入るのも開放的で、気分が変わってよいものです。混浴のところも各地に残っていますが、混浴の露天風呂では女性客の方が元気がよく、男性客は恥ずかしそうに下を向いているケースが多いようです。

日本には「入込み湯」と言って、古くから混浴の風習がありました。奈良時代の「風土記」にも、こんこんと涌き出る温泉に、老若男女の区別なく、みんなが喜んで入ったと書いてあります。

江戸時代の中期にはたびたび混浴禁止令が出され、やがて男女別の銭湯が生まれるのですが、地方の温泉地では男女がいっしょに温泉につかり、お互いの背中を流し合うのは当たり前のことでした。今でも混浴の露天風呂はたくさんありますが、入口は男女別でも、中に入ると混浴風呂というところも多いですから、混浴が嫌な人は、事前によく調べておきましょう。

3

（1）男：何をぼんやり考えている
　　　　の？

　　　女：すてきな男性が現れないか
　　　　なぁと思って。

（2）男：お孫さんの写真ですか。か
　　　　わいいですね。

　　　女：ええ、休みのたびに遊びに
　　　　来てくれるんです。

〈実践練習〉

問題1

**（1）男の人と女の人が話していま
　　す。男の人の今日のテストの
　　結果はどうでしたか。**

女：今日のテスト、どうだった？

男：僕は全然歯が立たなかったよ。君
　　は？

女：まあまあかな。

男：今日の問題、難し過ぎると思わな
　　い？

女：問題はそれほどでもなかったんだ
　　けど、時間が少し足りなくて、最
　　後の一問ができなかった。

（問）男の人の今日のテストのできは

どうでしたか。

**（2）男の人と女の人が話していま
　　す。男の人は、今日、どうし
　　ていましたか。**

男：あ〜、もう疲れちゃった。

女：アルバイトが大変なの？

男：ううん、シュウカツで、今日
　　一日、何社も回っていたからさ。

女：シュウカツ？

男：大学では、就職活動のことをシュ
　　ウカツって言うんだ。

女：あ、そうだったの。それでうまく
　　いったの？

男：全然だめ。今年は不況で、就職氷
　　河期だから。

**（問）男の人は、今日、どうしていま
　　したか。**

**（3）男の人が日本の女性の結婚観に
　　ついて話しています。**

男：日本の女性に、結婚相手を選ぶと
　　き何が大事だと考えるかを尋ねた
　　とき、10年前なら、「3高」と
　　言って、給料が高い、学歴が高

い、背が高いことを挙げる人が多かったのですが、最近は少し変わってきました。家事や育児への協力という条件を挙げる女性が増えてきたのです。とはいっても、経済力が大事だと考える人ほど多くありません。

（問）結婚相手を選ぶとき、日本の女性は何を一番大事だと考えていますか。

1. 学歴が高いことです。
2. 家事育児への協力です。
3. スタイルがいいことです。
4. 収入が多いことです。

（4）先生のお宅を訪問して帰るときに、玄関先でどう言いますか。

（答）

1. ごめんください。
2. どうもおじゃましました。
3. そろそろ失礼します。

（5）話を聞いて、それに対する正しい答えを選んでください。

女：はじめまして、主人がいつもお世話になっています。

男：（…………）。

（答）

1. いいえ、どういたしまして。
2. いいえ、こちらこそお世話になっています。
3. いいえ、こちらこそよろしくお願いします。

問題2

（1）男の人と女の人が話しています。女の人のご主人はどの人ですか。

男：ご主人は、この背の高い方ですか。

女：いいえ、主人はその隣にいる背の低い方です。

男：あの、この方ですか。

女：ええ、最近、少し太り気味なんです。

（問）女の人のご主人はどの人ですか。

（2）男の人と女の人が話しています。コンビニを襲った犯人はどの男ですか。

男：コンビニを襲った犯人はどちらの方向に逃げていきましたか。

女：この道路を、駅の方へ走っていきました。

男：犯人の顔の特徴を覚えていますか。

女：はい、どちらかと言えば面長で、目つきの鋭い男の人でした。

男：似顔絵を描いてみますが、こんな感じですか。

女：いえ、もう少し眉がつり上がっていました。

男：こうですか。

女：はい、そうです。

（問）コンビニを襲った犯人はどの男ですか。

問題3

（1）男の人と女の人が話しています。女の人が買うのはどれですか。

男：このサンドイッチでいい？

女：私、アレルギーだから卵とか牛乳とかはだめなの。

男：じゃ、これは？

女：チーズも牛乳から作った物だから。

男：そうか、大変だね。じゃ、これだね。

（問）女の人が買うのはどれですか。

（2）男の人と女の人が話しています。二人はどの電車に乗りますか。

男：今、11時15分前だなぁ。とおの駅を12時に出る新幹線に乗らなければならないから、間に合う電車というと……。

女：これは？

男：その電車は発車まで、あと5分しかないよ。僕、お腹が空いているから、おそばでも食べたいんだ。

女：じゃ、これかこれね。

男：とおの駅で、乗り換えにも時間がかかるから、少しでも早く着いた方がいいんじゃないか。

女：そうね。じゃ、この電車にしましょう。

（問）二人はどの電車に乗りますか。

（3）女の人が子供の生まれる割合の変化について説明しています。その内容に合っているのは、どのグラフですか。

女：え～、子供の生まれる割合は、ここ20年、減少傾向にあります。1980年ごろから急に下降し始めました。1987年から1991年にかけては横ばい状態でしたが、その後、再び下がり始めました。この変化のなかで、2000年だけは例外的な動きをみせています。それは、この年はミレニアムということで、子供を産みたいと思った人が多かったようです。

（問）説明の内容にあっているのはどのグラフですか。

Unit 3　ゴールデンウィーク

〈基本練習〉

ゴールデンウィークとは、4月末から5月初めにかけて、多くの祝日が重なった大型連休のことを言います。

ゴールデン・ウィークには国民の祝日である「みどりの日」「憲法記念日」「国民の休日」と、5月5日の「こどもの日」が含まれます。これらの祝日と土日がうまくつながると、1週間ほどの大型連休が発生します。

このゴールデンウィークの過ごし方は人によって色々ですが、子どもがいる家庭では家族旅行に行くことが多いようです。この期間、日本の行楽地は子ども連れの家族で溢れます。

毎年ゴールデンウィークの初期・末期には、主要ターミナル駅や空港は多くの乗客でにぎわいます。調査では、2006年の海外旅行者は過去最高の56万人、国内旅行組が2000万人以上でしたから、ちょっとした民族大移動です。

さて、ゴールデンウィークの最終日にあたる5月5日は「こどもの日」です。古くは、「端午の節句」といって、中国から日本に伝わったのは、奈良・平安時代と言われています。もともと「端午の節句」の日だったので、菖蒲湯に入ったり、柏餅を食べたり、男の子のいる家では、「こいのぼり」や「五月人形」を飾ったりします。

この「菖蒲湯」は、古代中国の風習で、端午の節句になると、薬草である菖蒲を使って菖蒲湯や菖蒲酒を飲み、その菖蒲で体のけがれを祓って、健康と厄よけを願ったのが始まりと言われます。

また、「こいのぼり」も、中国の昔話、急流だった黄河の龍門を昇りきったのが鯉だけだったという「鯉の滝登り」の話が元になっているようです。

このように、今日の中国ではなくなってしまった古い習慣が、日本にはたくさん残っています。

3

（1）女：今日の忘年会、来るでしょ。

男：それが、行くはずだったんだけど。

（2）男：子供たちはもう寝た？

女：ええ、布団に入るか入らないうちに眠ってしまったわ。

〈実践練習〉

問題1

（1）**男の人と女の人が話しています。男の人は、どこでアルバイトをすることにしましたか。**

男：土日だけのアルバイトを探しているんだけど、いいのない？

女：この野球場のアルバイトは、時給が1200円で一番高いよ。

男：でも、それって交通費が出ないから、そんなによくないよ。

女：それもそうね。この運送会社と居酒屋は交通費も出るし、時給1000円だから、まあまあじゃな

い？居酒屋は16時から0時までで、食事付きとなっているよ。

男：運送会社の方は朝の8時から夕方の5時までか。う〜ん、どうしようかなぁ。でも、やっぱりお金がたくさん欲しいから、こちらにするか。

（問）**男の人は、どこでアルバイトをすることにしましたか。**

（2）**男の人と女の人が話しています。女の人はどうしろと言っていますか。**

女：何度言ったら、わかるの。使わないときは消すように言ってるでしょ。

男：いちいち消すのは面倒なんだよ。

女：だめだめ。ちりも積もれば山となるって言うでしょ。少しでも節約よ。

（問）**女の人はどうしろと言っていますか。**

（3）**男の人が国際電話の安い時間帯について、女の人に相談して**

います。

男：国の両親に電話したいんですが、電話料金が安い時間帯ってあるんですか。

女：ええ、たいてい夜間は昼間より安いですよ。それから土日も割引があるはずです。でも、電話会社によって割引率や割引時間帯などが違いますから、電話して確認してからの方がいいんじゃないですか。

男：はい。

（問）女の人は男の人にどうするように勧めましたか。

1. 夜間にかけた方がいい。
2. 週末にかけた方がいい。
3. 平日にかけた方がいい。
4. 電話して確かめた方がいい。

（4）電車の中で座席を詰めてもらいたいとき、どう言いますか。

（答）

1. すみません。もっと席を詰めたらどうでしょうか。
2. すみません。席を詰めてもよろしいでしょうか。
3. すみません。ちょっと席を詰めていただけないでしょうか。

（5）話を聞いて、それに対する正しい答えを選んでください。

男：今週の日曜日、私の車で伊豆の方にドライブに行きませんか。

女：（…………）。

（答）

1. ええ、喜んで。
2. ええ、ちょっと。
3. ええ、わかりました。

問題2

（1）女の人が話しています。「この動物」はどれですか。

女：あなたは、動物の目の形や、ついている位置が、食べ物や住んでいるところによって違うことを知っていましたか。ライオンのようにほかの動物の肉を食べる肉食動物の目は、遠くに動物がいても、すぐ走っていって捕まえられるように、顔の前に二つ並んでいます。ところが馬や象や、この動物のように草や木の葉を食べる動物は、目が顔の横についています。それは、草を食べているときでも、肉食動物に襲われないように、四方八方が見えなければならないからです。

（問）「この動物」はどれですか。

（2）男の人がタクシーを呼んでいます。タクシーは何時に来ますか。

男：タクシーを1台、お願いします。
女：どちらですか？

男：中野警察署前にある住吉マンションの佐藤です。すぐ、来てもらえますか。

女：住吉マンションですね。はい、10分ちょっとで着くと思います。

男：そうですか。今、4時15分ですから、着くのは…。

女：あの、今、もう4時半を過ぎていますよ。

男：えっ！そうでしたか。家の時計が遅れていました。じゃ、待っていますので、急いでください。

（問）タクシーは何時に来ますか。

（3）男の人と女の人が話しています。女の人はどの靴を買いますか。

男：どれにする？これなんか、かかとが高いから背が高く見えるよ。

女：私、ハイヒールとか、かかとの高い靴は歩きにくくて嫌なの。

男：じゃ、この先が細いのは？

女：つま先が痛くなっちゃうよ。

男：じゃ、これしかないじゃないか。

（問）女の人はどの靴を買いますか。

問題3

（1）男の人は、いつコンサートに行くことにしましたか。

男：白龍のコンサートなんですが、何日のが残っていますか。

女：少々お待ちください。はい、日曜日はいっぱいですが、ほかの日ならお取りできます。

男：じゃ、土曜日の午前、2枚、並んだ席でお願いします。

女：申し訳ございません。あいにく土曜日は並んだ席が空いておりません。

男：じゃ、翌日が休みの方がいいですから。

女：はい、かしこまりました。

（問）男の人は、いつコンサートに行くことにしましたか。

（2）男の人と女の人が話しています。チームの試合の結果はどれですか。

男：ソフトボールの試合の方はどう？

女：うん、もう5試合したんだけど、今のところ、3勝2敗なの。1勝した後、2連敗して心配だったんだけど、4回戦、5回戦と連勝できたから、ほっとしているの。

男：試合は、あと何回戦？

女：あと、2試合。準決勝戦に進めるのは、勝率が一番よかった1チームだけ。

男：じゃ、がんばってね。

（問）チームの試合の結果はどれですか。

Unit 4　東京の生活

〈基本練習〉

　東京は長い間、世界で最も生活費が高い都市でしたが、2007年は3位になりました。とはいっても、東京の生活費は、アメリカのニューヨークの約1.19倍です。特に東京は土地が狭いので、家賃が割高です。同じ条件のアパートの1か月の家賃を比べると、イギリスのロンドンが2975ドル、フランスのパリが2280ドルなのに、東京は二倍近くの4116ドルです。

　日本に留学した学生たちが、まず驚くのがこの家賃の高さですが、それ以上に学生たちを困らせるのが、日本で部屋を借りるときのめんどうな手続きです。

　例えば、外国の人がアパートやマンションを借りるとき、ほとんどの場合、一定の収入がある日本人の保証人が必要になります。しかも、借りる時には、敷金、礼金、仲介手数料と大体3種類の費用がかかります。金額は敷金2ヶ月、礼金2ヶ月、仲介料1ヶ月が普通なので、家賃が10万円だったら、最初に50万円はかかるということです。

　敷金は、家賃滞納や、畳に焼け焦げを作ったり、壁に穴を開けたりした箇所の補修に使うための保証金で、部屋を出るときには返済されます。しかし、考えてみれば、敷金はともかく、この礼金という習慣はおかしな話です。多くの留学生からこんな不満を聞いたことがあります。「部屋を借りる人はお客ですから、お客が家主にお礼するというのは、話が逆で、どうしても納得できません」と。

　礼金というのは、戦後の焼け野原で住むところがない人々が、お礼の意味で家主にお金を包んだことから始まったとされるもので、東京を中心として広がっていった日本独特の習慣のようです。しかし、戦後60年以上が過ぎ、国際化が進む今日、こうした古い商習慣は改められる必要があるでしょう。

3

（1）女：みんなからのお願いです。吉田さん、この会の会長になっていただけないでしょうか。

　　　男：私なんかには、とてもとても。

（2）男：リーダー、みんな疲れた様子です。少し休んでは？

　　　女：そうですね。じゃ、みなさん、少し休もうじゃありませんか。

〈実践練習〉

問題1

（1）女の人が話しています。朝に比べて、現在の株価の動きはどうなっていますか。

女：本日の株価の動きですが、朝の日経平均株価は9430円でしたが、11時現在、マイナス40円前後で推移しています。本日のアメリカの雇用統計発表を前に、目立った値動きもなく、様子見状況が続いています。

（問）朝方に比べて、現在の株価の動きはどうなっていますか。

（2）男の人と女の人が話しています。この後どうしましたか。

男：ボリボリ（掻く音）

女：なに掻いてんの？

男：昨日、虫に刺されたところが、かゆくて、かゆくて。

女：薬、塗った？

男：いや、まだ。

女：駄目よ。ちゃんと塗らなきゃ。ほら、足出して。

男：自分でやるから、いいよ。貸して。

女：はい。じゃ、これ。

（問）この後どうしましたか。

（3）男の人と女の人の職場での会話です。

女：あの、すみません。

男：なに？

女：この会計の表の隣に、グラフを入れたいんですが、できますか。

男：できることはできるけど、今は、

僕もそれどころじゃないんだよ。ここにグラフ作成の仕方を書いた本があるから、貸してあげる。

女：は〜い。

（問）男の人が言いたいことは、どんなことですか。

1. 今、忙しいから、自分で調べてやりなさい。
2. そんなことは人に頼まず、自分でしなさい。
3. 今、時間がないので、他の人に聞いてほしい。
4. 自分でできなかったら、そのとき来なさい。

（4）通行人に道を尋ねたいとき、最初にどのような言葉をかけますか。

（答）

1. あのう、ちょっとお伺いしますが。
2. あのう、ご迷惑をおかけしますが。
3. あのう、今、お暇でしょうか。

（5）話を聞いて、それに対する正しい答えを選んでください。

女：辛そうですが、どうしたんですか。

男：ええ、どうも風邪を引いてしまったようで。

女：（…………）。

（答）

1. どうぞおかまいなく。
2. それは大変でしたね。
3. それはいけませんね。

問題2

（1）女の先生が話しています。雨の時はどのような格好をするとよいと言いましたか。

女：明日はいよいよ奥多摩ハイキングの日ですね。これから、明日の服装について話しますから、よく聞いてください。まず、荷物は必ず背負えるものにします。また、山の天気は変わりやすいので、雨具の準備が必要です。傘は風が強いときには役に立ちません。ですから、頭からすっぽりかぶれる、フード付きのレインコートがあると一番いいでしょう。雨の時は荷物も濡れないように、それを荷物の上から着ます。いいですか。

（問）女の先生が話しています。雨の時はどのような格好をするとよいと言いましたか。

（2）男の人と女の人が話しています。男の人がもらって帰るケーキの大きさはどれですか。

女：このケーキ、みんなで分けて食べたんだけど、まだ半分残っているの。あなた、食べない？

男：うん、でも、こんなには食べられないよ。

女：誰かと一緒に食べればいいじゃない。

男：でも、僕は一人暮らしだから。じゃ、その半分、いや四分の一でいいよ。

女：わかった。じゃ、切るわね。

（問）男の人がもらって帰るケーキの大きさはどれですか。

問題3

（1）男の人と女の人が話しています。この置き手紙は、誰が誰に書いたものですか。

女：置き手紙って、何？

男：用事を書いて、その場においていくことさ。日本語は男言葉や女言葉があるし、相手によって言葉の使い方が変わるから、誰が誰に書いたものか、わかることが多いんだ。

女：じゃ、この置き手紙は？

男：たぶん、これは……。

（問）この置き手紙は、誰が誰に書いたものですか。

（2）女の先生と男子生徒が話しています。今日の授業は、どのような順序でしますか。

女：今日は宿題だった作文を、先ず発表してもらいましょう。それから第9課に入りますが、テキストを読む前に、ローマ字の復習をしましょう。ここではローマ字が多く使われていますからね。

男：先生、8課のテストはいつしますか。

女：あ、忘れていました。じゃ、新しい課に入る前にテストをします。

男：え〜！聞くんじゃなかった。

（問）今日の授業は、どのような順番でしますか。

（3）男の人と女の人が話しています。女の人はどれを買いますか。

女：あのう、音楽を聴くテープがほしいんですが、これ、そうですか。

男：いいえ、それはビデオカメラに使うテープです。

女：大きさが同じぐらいなので、間違えちゃいますね。

男：ええ、ここにあるのが音楽用です。

女：じゃ、この60分のをください。

（問）女の人はどれを買いますか。

Unit 5　台風とハリケーン

〈基本練習〉

2005年の8月末、アメリカ南部でハリケーン「カトリーナ」による大きな被害が出ましたが、日本でも8・9月には平均して3個、多いときは10個の台風が上陸します。

台風は南の海で生まれて、海上で成長する強い風の渦巻きです。空気は気圧の低い方に集まるので、中心に向かって巨大な渦巻き状の雲ができます。中心部は「台風の目」と呼ばれ、雲もほとんどなく雨も少ないです。渦巻きの向きは、北半球では反時計回りになります。なぜかというと、渦には地球の自転に伴う力が働いて、中心に向かって吹き込む風が、右方向へ曲げられてしまうからです。

台風の一生も人間のようで、南の海で生まれた赤ちゃん台風は、海面から出る湿った空気を栄養として成長して大人になり、上陸してからは海からの湿った空気が取れなくなって衰えます。

台風もハリケーンもでき方は同じです。同じ南の海でも、大西洋と東太平洋でできたものはハリケーン、南西インド洋のは熱帯サイクロンと呼ばれています。日本では、北西太平洋で発達した熱帯低気圧で、風速が毎秒17メートルを越したものを、台風と呼んでいます。北西太平洋では、年約27個が発生して、そのうち、年平均で約3個が日本に上陸します。

風速17メートルというのは、風に向かって歩けないくらい強い風です。毎秒25メートルを越すと、大人でも立っていられないくらいの風になります。

台風が来ると、飛行機や船が止まったり、電車やバスも運休したりします。洪水や土砂くずれが起こることもあります。ハリケーン「カトリーナ」のときには、高潮で堤防が壊れて町中が水につかってしまいましたが、海のそばであれば、高潮の危険はないのか、川のそばであれば洪水の危険はないのか、気をつけなければなりませんね。

3

（1）女：どうしたんですか。青い顔
　　　　をして。

　　　男：答案用紙に、名前を書かず
　　　　に出してしまったんです。

（2）男：今日、病院に行く日じゃな
　　　　い？時間は大丈夫？

　　　女：うん。10時の予約だから、
　　　　急ぐことはないの。

〈実践練習〉

問題1

**（1）男の人と女の人が話していま
　　　す。老眼鏡はどこにありまし
　　　たか。**

男：よう子。老眼鏡を持ってきて。

女：どこにあるの？

男：机の上にない？

女：ないよ。

男：じゃ、本棚かなぁ？

女：本棚にもない。あっ！あった。

男：えっ！どこ？どこ？

女：お父さんのおふとんのところ。

男：ないじゃないか。

女：よく見てよ。枕元にあるじゃな
い。

（問）老眼鏡はどこにありましたか。

**（2）男の人が話しています。お米
　　　の消費量はどうなっています
　　　か。**

男：日本人が食べるお米の量を見て
みると、1962年が最高で、一年
に一人あたり118キログラムでし
た。この年をピークに減り続け、
1986年には73キログラム、現在
では60キログラム弱まで落ち込
んでいます。その最大の原因を
一言で言えば、食生活の変化、つ
まり欧米化ということですが、こ
の一、二年は、和食の良さが見直
され、お米の消費量が少し持ち直
してきています。

**（問）お米の消費量はどうなっていま
すか。**

**（3）男の人と女の人が「屋上緑化」
　　　について話しています。**

女：最近、ビルの屋上で木や草花を育
てているところが増えてきました

ね。

男：ええ、「屋上緑化」と呼んでいます。

女：どんなメリットがあるんですか。

男：ヒートアイランド現象を和らげる効果がありますし、ビルの室温があまり上がらないので、冷房費が節約できます。それに、都会人にとって屋上の緑は、ちょっとした癒しの空間になっているんじゃないでしょうか。

（問）男の人は「屋上緑化」の何について話していますか。

1. 屋上緑化の現状です。
2. 屋上緑化の長所です。
3. 屋上緑化の方法です。
4. 屋上緑化の問題点です。

（4）先輩にお金を貸してもらいたいとき、最初にどう言って用件を切り出しますか。

（答）

1. 先輩、ちょっとお願いがあるんですが。
2. 先輩、ちょっとやってほしいこと

ががあるんですが。

3. 先輩、ちょっとお話ししたいことがあるんですが。

（5）話を聞いて、それに対する正しい答えを選んでください。

女：みんな、ほんとうに日本語が上手ですね。私が一番下手です。

男：（………）。

（答）

1. いいえ、そうではありませんよ。
2. いいえ、それほどでもありませんよ。
3. いいえ、そんなことはありませんよ。

問題2

（1）女の人が話しています。台風はどのように進みますか。

女：台風13号は、この後ゆっくり日本列島を横断して、日本海に抜けると予想されます。台風に伴う大雨のため、各地で大水の恐れがありますので、十分ご注意ください。

（問）台風はどのように進みますか。

（2）男の人と女の人が話しています。男の人はどの道を行きますか。

男：もしもし、山田さん。駅に着いたんだけど、これから公会堂までどう行けばいい？

女：じゃ、東口に降りて。地下道になっているから、北東の方向に進んで。

男：北東って？

女：ごめんごめん。北東じゃ、わからないわね。改札を出たら、地下道が四つに分かれているから、左から二番目の道を進んで。

男：わかった。それから？

女：50メートルほど行くと、4番出口があるから、そこを出たらすぐよ。

（問）男の人はどの道を行きますか。

問題3

（1）女の人が話しています。新聞についての調査結果はどのグラフですか。

女：日本語には、ひらがな、カタカナ、漢字、ローマ字の4種類の文字がありますが、それそれどのように使われているのでしょうか。グラフをご覧ください。カタカナが最も多く使われているのは雑誌で、全体の40%ちかくをカタカナが占めています。漢字が最も多く使われているのは、新聞です。教科書と手紙がだいたい同じような割合であることは、とても興味深いですね。

（問）新聞についての調査結果はどのグラフですか。

（2）先生が話しています。どのメモが正しいですか。

男：では、冬休みの宿題ですが、年が明けてすぐにテストをしますから、教科書の79ページから98ページまでを良く読んでおくように。それと、今から配る原稿用紙に、毎日、日記を書くことも忘れないでください。休みが終わったら、提出してもらいます。分かりましたか。

（問）どのメモが正しいですか。

（3）女の人が火事の原因について報告しています。正しい順位はどれですか。

女：東京都で起こった火事の原因を見ますと、過去においてはタバコの不始末と放火に続いて、たき火が上位を占めていました。ところが、順位は基本的には変わらないのですが、今回、3位に入ったのは電気製品が原因のもので、例えばストーブの熱で布団やカーテンが燃えたりするケースが増えています。

（問）正しい順位はどれですか。

Unit 6　地震大国ニッポン

〈基本練習〉

　9月1日は「防災の日」です。1923年のこの日に起きた関東大震災で、死者・行方不明者を14万人以上も出した教訓を忘れないという意味を込めて、1960年に制定されました。

　日本では昔から怖いものを順に並べて、「地震・雷・火事・親父」と言いました。最近では「親父」は怖くなくなりましたが、やはり地震は日本人が一番怖いものでしょう。1995年1月17日にも阪神淡路大震災が起こり、死者6,434名、行方不明者3名、家屋の倒壊など、10兆円規模の被害を出しています。

　昨夜も、9時ごろに大きな地震がありました。地震が起こると、すぐ停電しました。電気はまもなく回復しましたが、部屋を見ると花びんが倒れ、テーブルの上のお皿やコップが床に落ちて割れていました。テレビをつけると、ちょうど地震速報をしているところでした。ニュースによると、首都圏の電車は現在全部止まっているという

ことでした。

　震度6を越すと、人は立っていることができません。もし家でそんな大きな地震に遭ったら、すぐに火を消して、机やテーブルの下にもぐって身を守りましょう。日本では水や食べ物の不足で亡くなった人は一人もいません。死亡原因の八割以上は落下物と火事なのです。

　みなさん、「備えあれば、憂いなし」です。多くの日本の家庭では、地震に備えて、水や、非常食、救急箱、ラジオなどを入れた非常持ち出し袋が準備してあります。また、万一の時に家族が集合する場所も決めてあるそうです。

　それにしても、2006年のジャワ島南西沖地震、2007年のスマトラ島沖地震、2008年の中国四川省の大地震と、最近、大地震が続いていると思いませんか。もしかしたら、地球が怒っているのかもしれません。

3

（1）女：彼女、若く見えるけど、

何歳ぐらいなんだろ？

男：外見ほど若くないんじゃないか。

(2)　男：料理の準備は終わった？

女：ええ、後はもうテーブルに並べるばかりになっているわ。

〈実践練習〉

問題1

（1）男の人と女の人が話しています。男の人は、初めに何をしますか。

男：係長、銀行に行ってきます。

女：あ、そう。じゃ悪いけど、ついでにお願いしたいことがあるの。部長にこの書類に目を通してもらって、はんこを押してもらったら、EMSで送っといてくれない？急いでいるの。

男：はい、わかりました。じゃ先に郵便局に寄ってから、銀行に行きます。

女：あ！終わったら、電話ちょうだい。

（問）男の人は、初めに何をしますか。

（2）女の人が昨日の同窓会について、男の人に聞いています。同窓会には何人ぐらい来ましたか。

女：昨日、同窓会だったんでしょ。クラスメートはみんな集まった？

男：そんなには来ないよ。案内状は45人全員に送ったんだけど、10年以上も経っているから、宛先不明で戻ってきた案内状もあった。でも、できたら参加したいを入れて、30人はいたので、期待してたんだけどね。

女：期待はずれだったの？

男：うん。せめて20人は来てほしかったなぁ。

（問）同窓会には何人ぐらい来ましたか。

（3）女の人が、お天気と品物の売れ行きの関係について話しています。

136

女：マーケティングという言葉を知っていますか。簡単に言えば、どのような品物を、いつ、どこで、どのように売ればよく売れるかを研究することです。その中に、お天気によって売れる品物が変わるというのがあります。例えば、暑くなると、パンが売れなくなり、飲料水が売れます。お店の人は、品物が売れ残ったり、足りなくなっては困りますから、お天気にはとても敏感です。そのために、最近では、スーパーやコンビニなどは、お店のある狭い地域の天気予報まで、細かく教えてくれる天気予報の会社から、お金を払ってお天気情報を買っているのだそうです。

（問）**女の人の話の内容と合っていないのはどれですか。**

1. マーケティングというのは、お天気によって商品の売れ行きがどう変わるかを研究する学問分野です。

2. スーパーやコンビニは、お天気や気温によって、仕入れる品物を変えています。

3. 多くのスーパーやコンビニが、天気予報の会社から情報を買っています。

4. 詳しい天気予報は、スーパーなどにとって、なくてはならないものです。

（4）**年の暮れに人と会ったとき、どう言って別れますか。**

（答）

1. あけましておめでとうございます。
2. よいお年をお迎えください。
3. 旧年中は、いろいろお世話になりました。

（5）**話を聞いて、それに対する正しい答えを選んでください。**

女：あなたのお子さん、とても成績が優秀なんだそうですね。

男：（…………）。

（答）

1. たいしたことはありませんよ。
2. たいしたものですよ。
3. なかなかのものですよ。

問題2

（1）男の人と女の人が話しています。女の人はどこに車を止めますか。

男：すみません。この先の駐車場は荷物の積みおろしだけですから、10分しか止められませんよ。

女：あ、そうですか。3時間くらい止められるところはありますか。

男：はい、少し戻っていただいて、線路の向こう側の駐車場が便利です。

女：戻るんですか。また、踏み切りを渡らなくちゃいけないから…。

男：でしたら、踏み切りの手前の道を左へ曲がってください。少し行くと、左手に駐車場があります。

女：ええ、じゃ、そうします。

（問）女の人はどこに車を止めますか。

（2）男の人と女の人が話しています。男の人の車はどうなっていましたか。

男：あっ！僕の車が。

女：え？どうしたの？

男：タイヤがパンクしてるんだよ。

女：まぁ、どうして。

男：ここに車を止めたときには大丈夫だったから、駐車している間にいたずらされたに違いないよ。

女：隣の車も、ボディーが丸くへこんでいる。警察に電話しましょ。

（問）男の人の車はどうなっていましたか。

問題3

（1）女の人がプレゼントの応募はがきの書き方を説明しています。書かなくてもいいものはどれですか。

女：番組から映画のチケットのプレゼントです。来月から公開される「絹の糸」という映画のチケットをご希望の方は、はがきに大きく「絹の糸」と書き、住所、氏名、年齢をお書きの上、番組までお送りください。抽選で10名の方にチケットをプレゼントします。

（問）書かなくてもいいものはどれですか。

（2）女の人と男の人が話しています。日本の失業率を表すのはどれですか。

女：最近の不況の影響で、日本でも失業者の増大が心配されていますが、どうなんでしょうか。

男：失業率は5月から7月にかけては下降線をたどっていたのですが、8月にアメリカの金融危機が起こって以来、日本企業の倒産も増え、やや上昇に向かっています。

女：今後が心配されますね。

男：ええ、現在のところ、5月はじめの失業率を超えてはいませんが、注意しておかなければなりませんね。

（問）日本の失業率を表すのはどれですか。

（3）女の人が話しています。ABCの正しい組み合わせはどれですか。

女：日本の家族はどのくらい個室を持っているでしょうか。下のグラフを見てもわかるように、個室を持っている母親の割合は、6部屋以上の世帯でも20％を超える程度です。それに対して、子どもの場合は、2部屋の世帯でも50％以上、3部屋以上の世帯では、ほとんどが自分の部屋を持っています。父親の場合は、4部屋世帯で20％、6部屋以上の世帯でも、40％をやや超える程度です。

（問）ABCの正しい組み合わせはどれですか。

Unit 7 私のルーツ

〈基本練習〉

　思い返してみると、中学生のころって、今までに生きてきたどんな場面の中でも、とりわけ多感な時期だったように思います。何かにつけ感動したり、何かにつけ熱く友達と語ったり、何か自分のポリシーや思うところに反するものがあると、必ず激昂したりしていました。今振り返ってみると、どうしてあそこまで、と思うときもあるのですが、でも、あの時期があったからこそ、今の自分があるのだと断言できます。

　私が中学生のころ一番好きだったことは、友達と一緒にいることです。学校で話すだけでは物足りなくて、家に帰ってからもずっと何時間も電話して親に怒られたり、何時間も何枚も手紙を書いたりしたものです。どうしてあんなに話すことがあったんだろうなんて、今では思うのですが、でも、そうする時間が当時の私にとっては、かけがえがなく、とっても大切な時間でした。そしてその時間の多くから、今の私のルーツが作られたのです。

　私は今、大学院で環境問題に関する研究をしています。それを志すことになったきっかけは、中学生のとき、「風の谷のナウシカ」を読んで感動し、友達と熱く語ったことです。そのときは、まだ自分の進む道は漠然としていましたが、高校に進学して、大学、大学院と一つ一つ階段を登ってきて、ふと気づけば、あのころ思い描いたことが、今、ここにありました。

　今、あなたの目の前にあるものは何ですか。その中であなたにとって大事なものは何ですか。今ははるか遠くを見通すことができなくても、今の一つ一つを大事にすることで、あなただけの道がきっと見えてくるはずです。あなたにとって一度しかないこの瞬間を大切にしてください。あなたにとってのルーツが築かれていきますように、応援しています。

3

（1）女：どうしたの？青い顔をして。

男：猛スピードで走ってきたバイクに、はねられそうになったんだ。

（2）男：約束の期限に間に合うでしょうか。

女：まだ時間は十分にあります。焦ることはありません。

〈実践練習〉

問題1

（1）男の人と女の人が話しています。男の人は女の人に対して、今、どんな気持ちですか。

女：大変でしたが、なんとか仕事が片づきましたね。

男：うん、やっと終わった。せっかくの週末だったのに、残業させてしまって悪かったね。

女：いいえ、とんでもない。

（問）男の人は女の人に対して、今、どんな気持ちですか。

（2）男の人と女の人が話しています。男の人が出したいゴミはどれですか。

男：今日は燃えないゴミの日だったね。たくさんあるから、出すのを手伝って。

女：いいけど、一人でこんなに飲んだの？

男：うん。

女：でも、これって、燃えないゴミじゃなくて、資源ゴミのはずよ。

男：そう？金属は燃えないから、燃えないゴミかと思った。

女：出す前に、アルミとスチールに分けておかなくちゃだめよ。

（問）男の人が出したいゴミはどれですか。

（3）男の人と女の人が話しています。

女：日本語の聴解力を伸ばすいい方法はありませんか。

男：僕が日本語を勉強したときは、

新聞の一面にある興味があるニュースを毎日読むようにしました。

一面の記事は、その日のテレビで必ずニュースとして流されますから、聴解の勉強に一番ですよ。新聞記事で覚えた単語が、テレビでも何度も出てきますから、単語のいい練習にもなりますよ。

女：なるほど。

男：社説を丁寧に読んだ方がいいという人もいますが、単に辞書を引きながら読むだけよりも、テレビニュースでも聞いた方が楽しいです。

女：じゃ、早速やってみます。

（問）男の人が勧める勉強法はどれですか。

1. 社説を毎日読んで、わからない単語があったら調べます。
2. 興味のある一面記事を読み、後でテレビニュースを見ます。
3. テレビニュースを見て、興味がある内容は新聞で読みます。
4. その日の社説を読み、それに関係する一面記事を読みます。

（4）用事があるので、早く帰りたいです。会社の上司に、どう言えばいいですか。

（答）

1. 課長、今日、少し早く帰らせてくださいませんか。
2. 課長、今日、早く帰らせていただきませんか。
3. 課長、今日、少し早く帰っていただけないでしょうか。

（5）話を聞いて、それに対する正しい答えを選んでください。

女：うちの娘、結婚することになりまして。

男：（…………）。

（答）

1. それは願ってもないことです。
2. それはお気の毒ですね。
3. それはおめでとうございます。

問題2

（1）お父さんとお母さんが話しています。二人は、いつ展覧会に行きますか。

父：この版画の展覧会、24日の日曜日までだよ。見に行くかい？

母：うん。私は土曜日か日曜日がいいな。朝早く行けばゆっくり見られるし。今日は15日の金曜日だからと。

父：朝早くは勘弁してくれよ。休みの日ぐらいはのんびりしたいよ。

母：でも、平日の夕方は、お父さんが早く帰れないでしょう？

父：来週の後半、木曜か金曜の夕方なら大丈夫だと思うよ。

母：じゃ、休みの前の日がいいわね。

父：うん。展覧会の後で、二人で食事でもしようよ。

（問）二人は、いつ展覧会に行きますか。

1. 21日の木曜日
2. 22日の金曜日
3. 23日の土曜日
4. 24日の日曜日

（2）男の人と女の人が話しています。今、何時ですか。

女：あら、もうこんな時間？コンサートは7時に始まるんじゃなかったですか。

男：いえ、開演は7時半です。でも、7時には入場できるはずですよ。

女：じゃ、もう、ここを出た方がいいですね。開演まで、あと15分しかないですから。

（問）今、何時ですか。

問題3

（1）女の人が、気候の変化と生物の数の関係について話しています。地球が暖かくなると、この島の動物と植物の数はどうなると言っていますか。

女：みなさん、ご存知のように地球は温暖化しつつあります。今後さらに暖かくなると、動物や植物にも影響を与えると考えられます。この島は冬の寒さが厳しいことで知られていますから、もし温暖化が進めば、動物や植物にとって住みやすくなり、その数は増えると一般的には思われがちです。しかし、私たち生物学者は、その反対の事態を予想しています。ですから、これ以上温暖化が進まないでほしいものだと思います。

（問）地球が暖かくなると、この島の動物と植物の数はどうなると言っていますか。

（2）男の人と女の人が話しています。名簿はどうなりますか。

女：もしもし、今日お渡しした会員名簿に訂正が2箇所あるんですが。

男：はい。

女：まず、下から3人目の山田さんは、もう会員じゃないので、削除してください。

男：はい、山田さんを削除ですね。

女：それから、その上の田中さんの電話番号ですが、333の4713じゃなくて、333の4718です。

男：最後が3じゃなくて8ですね。

女：そうです。どうも、失礼しました。

男：ご連絡ありがとうございました。

（問）名簿はどうなりますか。

（3）女の人がグラフを示しながら、世界の森林面積の推移について話しています。①②③に入る語の正しい組み合わせはどれですか。

女：1989年度の世界全体の森林面積は、1974年に比べて、約3.3パーセント減少しています。それは途上国地域での減少が著しいから

で、先進国地域で森林面積が拡大しているのにもかかわらず、全体としては年々減少を続けていると言えるでしょう。それは、途上国地域では、人口増と貧困の悪循環が生じており、食糧不足を補うための畑地開墾や、燃料用の木材の伐採などを引き起こしているためです。

（問）①②③に入る語の正しい組み合わせはどれですか。

Unit 8 日本のマンガブーム

〈基本練習〉

　欧米でも1990年代の半ばごろから、日本のマンガが大変なブームになっています。今では、小さな書店にもマンガコーナーがあり、子どもから大人まで熱心なファンがマンガを買い求めています。「MANGA」は今や世界の共通語なのです。

　日本の伝統的な文化や生活習慣はマンガを通じて広く知られるようになり、日本に対しても、憧れのような良いイメージがあるようです。これまでにたくさんの日本のマンガがフランス語やドイツ語、スペイン語などに翻訳されています。

　2008年7月にフランスでパリ・ジャパン・エキスポなるイベントがありました。そこにはヨーロッパ中から10万人の人たちが訪れました。ほとんどの人が自分の好きなアニメキャラのコスプレを着て参加していて、かなり熱気ムンムンだったそうです。

　では、どうして日本のマンガは欧米の人たちに受け入れられているのでしょうか。おそらく、欧米ではマンガは子どもが楽しむものとされてきたことと関係があるでしょう。その子ども向けのマンガも、正義の主人公が悪い人をやっつけるといったヒーロー、ヒロインものが多く、ストーリーもわりと単純なんです。絵も背景はほとんど描かれません。

　それに比べて、日本のマンガは大人も楽しむものなので、取り扱うテーマが広いです。学園もの、恋愛もの、SFもの、料理もの、サラリーマンもの、ギャグもの、歴史ものなど、ほぼすべてのジャンルのテーマが扱われています。娯楽の域を超えて、ストーリーにも深みがあり、深い感動を与えてくれたりする作品も多くあります。

　こうした内容も高度で表現方法の多彩な、大人も鑑賞する日本の漫画が、漫画やアニメは子供向けという固定されたものであった欧米の人々の考え方に対して、新鮮な衝撃を与えたことは、まちがいないでしょう。

3

（1）女：ごめん、ごめん。待った？

男：待ちくたびれて、帰ろうかと思っていたところだよ。

（2）男：やはり、僕が話しに行った方がいいかなぁ。

女：電話で済むことだから、わざわざ行くことはないわ。

〈実践練習〉

問題1

（1）お母さんと息子が話しています。お母さんはどうして頭が痛いのですか。

母：あ〜、頭が痛い！

子：風邪？あっ、分かった！飲みすぎじゃない？

母：馬鹿言うんじゃないの。

子：じゃ、お父さんの会社が危ないとか？

母：あ・の・ね。あなたのテストでしょ、原因は！

（問）お母さんはどうして頭が痛いのですか。

（2）先生がダイエットについて話しています。ダイエットの方法として、正しくないのはどれですか。

女：揚げ物は脂っぽいので、早く痩せたい人はしばらく食べないようにしてください。パンもバターが入っていますから、どちらかと言えば、ご飯のほうがいいですよ。でも、食べなければいいというものではなくて、脂っけを少なくしても、食事は一日三度きちんと取ってくださいよ。いいですか。それから、あまり激しい運動は逆効果ですから、年齢や体力に応じて適度にしましょう。では、エクササイズを始めましょう。

（問）ダイエットの方法として、正しくないのはどれですか。

（3）男の人が、お茶の説明をしています。

男：ここにあるお茶はそれぞれ効果が違います。一番目のお茶は、ビタミンCがたくさん含まれていて、

風邪の予防にいいです。二番目の
お茶は、眠る前に飲むと、気持ち
が落ち着き、神経が休まります。
三番目のお茶は、糖を分解してく
れるので、血糖値が心配な人が飲
むといいでしょう。最後に、四番
目のお茶は、お腹の調子を整える
効果があり、便秘で悩んでいる人
にお勧めします。

（問）よく眠れない人は、何番目のお
**　　茶を飲むといいですか。**

1. 一番目のお茶です。
2. 二番目のお茶です。
3. 三番目のお茶です。
4. 四番目のお茶です。

（4）電話の声が小さくて、よく聞こ
**　　えません。そんなとき、どう**
**　　言いますか。**

（答）

1. あのう、お電話をお間違いではあ
　りませんか。
2. すみません、少し声が遠いような
　んですが。
3. あのう、今、なんとおっしゃった

んですか。

（5）話を聞いて、それに対する正し
**　　い答えを選んでください。**

女：もしもし、田中ですが、こんな時
　　間にすみません。お休みでした
　　か。

男：（…………）。

（答）

1. いいえ、こちらこそ。
2. いいえ、とんでもない。
3. いいえ、大丈夫ですよ。

問題2

（1）留学生が相談室で話しています。国際大学の大学院を受けるのに必要がないのはどれですか。

男：あの、留学生ですが、東大学の大学院を受けるのに必要な物は何でしょうか。

女：まず、願書を出すときに、大学の卒業証明書と日本語試験の結果を提出してください。そのうえで、専門科目の試験を受けます。

男：はあ、そうですか。国際大学はどうですか？

女：国際大学の大学院は、卒業証明書と日本留学試験、それから大学独自の筆記試験になっています。

男：そうですか。分かりました。どうもありがとうございました。

（問）国際大学の大学院を受けるのに必要がないのはどれですか。

（2）夫婦が話しています。男の人はどの順番に用事をしますか。

女：ちょっとお醤油が足りないの。買ってきてくれない？

男：いいよ。僕もちょうどアイスクリームが食べたいと思ってたんだ。君も食べる？

女：ええ。

男：このごみも捨ててこようか。

女：ええ、助かるわ。それ、この暑さで、ちょっと臭いから。

男：じゃ、最初にごみを捨てなくちゃ。

女：あっ、それから、ついでにクリーニングも頼んでいい？

男：わかった。じゃ、アイスクリームが溶けない方がいいから、スーパーは最後だな。

女：ついでに、ビールを買ってくるつもりでしょ。

男：ばれたか。

（問）男の人はどの順番に用事をしますか。

問題3

（1）男子学生と女子学生がゼミの発表の順番について話しています。（C）に入るのは、どれですか。

女：発表の順番はどうする？

男：うん。まずはテーマだね。その次がこの調査の目的で、それからアンケートの内容、今後の予定と続いて、最後に参考文献を紹介ということでどう？

女：ちょっと待って。参考文献の紹介は前に持っていったほうがいいんじゃない？

男：どうして？

女：私たちはこういう文献を参考にして、今回のアンケートの中身を決めたと話した方が、説得力があると思うの。

男：なるほど。じゃ、文献の紹介を内容を話す前に入れればいいんだね。じゃ、そうしよう。

（問）（C）に入るのは、どれですか。

（2）女子学生がアルバイトの面接を受けています。女子学生は何曜日にアルバイトをしますか。

男：今回の募集は、夕方の5時から9時までのシフトですが、最低週二日以上、お願いしたいんです。

女：水曜日、授業が5限まであって、5時には間に合わないんですが、6時からではだめでしょうか。

男：うん、ちょっとね。他のアルバイトとの仕事の引き継ぎもあるから、シフトどおりに入れる時間だけにしましょう。

女：はい。それから、来週だけ金曜日に約束があるので、休ませていただきたいんですが。

男：来週だけですね。それなら、いいですよ。

（問）女子学生は何曜日にアルバイトをしますか。

1. 月曜日と木曜日です。
2. 月曜日と金曜日です。
3. 火曜日と木曜日です。
4. 月曜日と水曜日と金曜日です。

（3）女の人と男の人が話しています。この女子学生が取っている授業はどれですか。

男：今日は、休講なの？

女：うん、急いできたのに、午前の授業が休講になってたの。早く来て損をしちゃった。

男：朝一番の授業だったっけ？

女：ええ、授業のかわりにレポートを提出しなくちゃなんないの。ちょう大変。

男：そう？僕は自分で調べるのが好きだから、補講なんかより、レポートの方がいいな。

女：そりゃ、テストや補講よりもましだけど。

（問）この女子学生が取っている授業はどれですか。

Unit 9　日本は単一民族？

〈基本練習〉

　アイヌの人たちを、「先住民族」と認める国会決議が、2008年6月6日に採決されました。

　アイヌ民族は森の民で、700年前には、北海道や東北北部、それからサハリンや千島列島に住み、サケ（鮭）やクマ（熊）などをとって生活していました。北海道にはカタカナの地名が多いのですが、それはアイヌ語の名残なのです。

　ところが、今から100年以上前の明治時代、アイヌの人たちに関係する法律がたくさん作られ、その法律でアイヌの人たちはアイヌ語ではなく日本語を無理やり使うように強制されたり、受け継いできた伝統文化や習慣も禁止されたりしました。その後、こうした同化政策によって、アイヌの人たちは減少し続け、今では北海道に数万人、北海道以外に数千人しかいません。

　1986年、当時の中曽根康弘首相が「日本は単一民族国家」と言ったことがあります。これはアイヌの人たちがいることを、全く無視した発言でした。その後、アイヌ民族の団体「北海道ウタリ協会」を中心に、「アイヌ民族を先住民族と認めろ」という運動がいっそう大きくなりました。アイヌの人たちが求めたのは、自分たちが北海道にはるか昔から住んでいて、自分たちの言葉や宗教、文化を持っていることを日本政府に認めてもらうことでした。しかし、政府はアイヌの人たちを先住民族として認めませんでした。

　しかし、2007年9月、国連総会で「先住民族の権利に関する国連宣言」が決議されると、アイヌの運動は勢いづきました。その国連宣言は、「土地から無理やり移転させられない権利」や「国内で差別なく教育を受けられる権利」などの、先住民族に認められる権利や自由を定めています。これらの内外の世論の高まりによって、日本政府も内外の世論を無視できなくなりました。そして、2008年にアイヌ先住民族決議が行われたのです。

3

（1）女：聞いた、聞いた？山田さん
ご夫婦、先月、離婚したん
だって。

男：えっ！まさか。

（2）男：困ったな。バスもないし、
タクシーも来ない。

女：歩いて帰るしかないでしょ
う。

〈実践練習〉

問題1

**（1）男の人と女の人が話していま
す。二人はどうして会えません
でしたか。**

男：昨日はどうして来なかったんだ
よ。

女：え？何のこと。

男：ひどいな。いっしょに映画を見に
行く約束をしてたじゃないか。

女：え？うそ。

男：6時に渋谷駅のハチ公前で会う
約束だったろ。

女：そう言われてみれば、そんな約束
をしたような……。

男：あ～あ。この埋め合わせはしても
らうからね。

**（問）二人はどうして会えませんでし
たか。**

**（2）男の人が話しています。男の人
は買い物の時、どんなことに気
をつけるように言っています
か。**

男：魚屋さんに行くと、よく威勢のい
いかけ声で、「一匹150円、三匹
400円、五匹なら650円だよ」と
言いながら、魚を売っていること
があります。五匹まとめて買え
ば、別々に買うより100円も安い
ものですから、つい「おじさん、
五匹もらうよ」といって買ってし
まいます。ところが家に帰ると、
妻から「そんなに買ってどうする
の。食べ切れないじゃないの」と
叱られてしまいます。やはり必要
なだけ買った方が経済的なんです
ね。

**（問）男の人は買い物の時、どんなこ
とに気をつけるように言ってい**

ますか。

（3）女の人がアパートを借りるときの優先順位について話しています。

女：都内に住む男女それぞれ100人に、アパートを選ぶときに何が大切かという調査を行いました。そのアンケート調査の結果、男性の優先順位は、家賃が安いこと、家が広いこと、駅から近いことでした。これに対して、女性の優先順位は、家が新しいこと、家賃が安いこと、地域が安全であることでした。

（問）話の内容と合っているのはどれですか。

1. 男性は家の広さを重視するが、女性は駅に近いことを重視している。

2. 男性は便利さや広さを重視するが、女性は快適さや地域の安全を重視している。

3. 男性も女性も家賃が安いことが一番大切だと考えている。

4. 男性と女性で、特に大きな違いはない。

（4）退社時間の会社での会話です。話を聞いて、それに対する正しい答えを選んでください。

女：みなさん、お先に失礼します。

男：（…………）。

（答）

1. さようなら。

2. 行ってらっしゃい。

3. お疲れさま。

（5）宅配便の配達員と女の人が話しています。配達員はどう言いましたか。

男：こちらにハンコをお願いします。

女：サインでもいいですか。

男：（…………）。

（答）

1. はい、わかりました。

2. はい、けっこうです。

3. はい、そうですね。

問題2

（1）男の人と女の人が話しています。スーツケースの鍵の番号はどれですか。

女：新しいスーツケースを買ったんだけど、鍵の番号、どうしようかな。

男：覚えやすいのは誕生日だろ。

女：ええと、昭和61年の1月27日だから…61127っていうことね。でも鍵は6桁だから…

男：1月を「ゼロいち」にしたらどうだい？6桁になるだろ？

女：うん、でも、誕生日をそのまま使うのはちょっと不安だな。パスポートにも書いてあるし。

男：じゃ、その番号を後ろから読んだらいいじゃないか。

女：そうね。頭いいわね。ありがとう。

（問）スーツケースの鍵の番号はどれですか。

（2）男の人と女の人が話しています。女の人はどの部屋にしましたか。

女：部屋を探しているんですが、……。

男：ご希望は？

女：2DKで、部屋は二部屋とも南向きがいいですね。

男：では、これなんかいかがでしょうか。

女：いいですが、家賃はいくらですか。

男：9万円です。

女：じゃ、こちらの一部屋が南向きになっている1DKの部屋は？

男：85000円です。

女：5000円ぐらいの違いなら、やはり前の方がいいですね。

男：わかりました。

（問）女の人はどの部屋にしましたか。

問題3

（1）男の人が話しています。どのグラフを見せていますか。

男：お客様からいただいたアンケートの結果をまとめましたので、報告します。グラフをご覧ください。今年の調査で特徴的なのは、海外旅行の中でアジアに旅行したい人が増えていることです。数年前までは、アメリカが一番人気のある旅行先でしたが、この調査では、ベトナム、マレーシア、タイ、韓国、台湾などアジアの国々を合わせると、僅かにアメリカやその他への希望者を上回りました。

（問）どのグラフを見せていますか。

（2）女の人が話しています。女の人の話と合っているのはどのグラフですか。

女：このグラフは国際電報の使用件数の推移を表したものです。国際電報の使用件数は、1940年には大幅に落ち込みましたが、その後は年々回復し、1970年には最大値を記録しました。しかし、その後はファクシミリの普及やインターネットの登場によって、急激に減少し、1990年には、1940年を更に下回っています。

（問）女の人の話と合っているのはどのグラフですか。

Unit10　女性天皇の行方

〈基本練習〉

日本では、天皇を国や国民のまとまりをあらわすシンボルとすることが、憲法第一条で定められています。そして第二条で、代々世襲、つまり血のつながりのある人が跡つぎになるとされています。

現在の皇室典範では、天皇の血縁者の中でも男子だけが資格があるとされています。天皇に息子がなければ天皇の弟、それもいなければ、前の天皇の弟などの順番となっています。ですから、今の皇室典範では、皇太子ご夫妻の娘の愛子さまは将来、天皇になれません。

これまでの日本の歴史の中では、女性の天皇が八人いました。その全てが、息子や孫などの男の子が大人になって天皇の仕事を継ぐまでの中継ぎとして、天皇になった例です。ですから、もし女性の天皇が、他の男の人と結婚して子どもができたとしても、その子は天皇家の子とはみなされませんでした。

ところが、最近、皇室典範を改正して、女系の子孫でも天皇になれるようにしようという動きが出ています。というのも、皇太子さまも、弟の秋篠宮さまも、今いるお子さんはどちらも女の子で、あとの世代が女の子ばかりでは、先々跡つぎがいなくなってしまうからです。だったら、イギリスのように、女性の天皇を認めればいいのですが、それが簡単ではありません。一旦、女性の天皇を認めると、ずっと大昔から男子から男子へとつないできた天皇家の血筋が途絶え、女性の天皇の子からあとは、夫の血筋に変わってしまうことになるからです。そうすると、千数百年以上続いた伝統をやめることになりますので、反対している人も多いのです。

しかし、この問題は、昔からみんなで守ってきた伝統を、未来の人たちがどう思うかということですから、私は国民主権の立場からもよく考えて、守るかやめるか決めればいいと思うのです。

3

（1）女：ただいま。ああ～、疲れた。

男：また、アルバイトか。アルバイトばかりしていると、落第しかねないぞ。

（2）男：なんとか、10万円ほど貸してもらえないでしょうか。

女：5万円ぐらいなら、貸せないこともないんですが……。

〈実践練習〉

問題1

（1）男の人と女の人が話しています。女の人は将来、何になりたいと思っていましたか。

男：利子さんは子供の頃、将来、どんな職業に就きたいと思っていたんですか。

女：ちょっと言うのが恥ずかしいな。

男：花屋さんとか、看護師さんとか？

女：ううん、男の子が憧れる職業よ。

男：警察官とか、電車の運転手とか？

女：近い、それ。

男：わかった！じゃ、パイロットでしょ。

女：惜しい！私、もっと高いところに行きたかったの。

（問）女の人は将来、何になりたいと思っていましたか。

（2）男の人と女の人が話しています。女の人は男の人のサッカー観戦の誘いに対して、どう思っていますか。

男：ねえ、サッカーのチケット2枚もらったんだけど、一緒に行かない？

女：どうしようかな。ねぇ、まず谷本さんを誘ってみたら？彼女、大のサッカー・ファンだから。

男：もし駄目だったら？

女：そうねぇ。谷本さんとなら、行ってもいいんだけど……。

（問）女の人は男の人のサッカー観戦の誘いに対して、どう思っていますか。

（3）男の人がペットを飼っている友人の話をしています。

男：ペットと言えば、犬や猫が普通な
んですが、私の友達に蛇をペット
として飼っている人がいます。初
めて彼の家に遊びに行ったとき
は、驚いてしまいました。友達の
話によると、蛇はとても飼いやす
いそうです。食事も週に一度でい
いし、あまり手間がかからないん
だそうです。それに飼うのに広い
場所も要りません。しかし、蛇を
飼い始めた一番の動機は、犬や猫
のように吠えたり鳴いたりしない
ので、お隣に迷惑をかけなくてす
むことだったそうです。

**（問）男の人の友人が蛇をペットにし
た一番の理由は何ですか。**

1. 近所迷惑にならないからです。
2. とても飼いやすいからです。
3. 食費が安くてすむからです。
4. 広い場所が要らないからです。

**（4）話を聞いて、それに対する正し
い答えを選んでください。**

男：最近、孫さんの顔を見ないけど、
どうしたんだろう？

女：（…………）。

（答）

1. まもなく戻って来るよ。
2. 国に帰っているらしいよ。
3. 孫さんに何かあったの？

**（5）女の人が、大水で家を流されて
しまった男の人と話していま
す。男の人はどう答えました
か。**

女：この度は大変でしたね。でも、け
ががなくてほんとうによかったで
す。

男：（…………）。

（答）

1. ええ、そう思います。
2. ええ、もちろんです。
3. ええ、おかげさまで。

問題2

（1）男の人と女の人が話しています。男の人がけがをしたのはどこですか。

女：どうしたんですか、そのけが。痛そうですね。

男：今朝、雪の積もった道で自転車を走らせていたとき、滑って転んだんです。

女：雪の日は道路が滑りやすいですから、気をつけなければなりませんね。

男：転んだとき、とっさに腕をついて身を守ったんですが、そのときひじを強く打って、このありさまです。

女：ほかのところは大丈夫だったんですか。

男：足も強く打ったんですが、長ズボンを穿いていたおかげで、なんとか。

女：そうですか。じゃ、お大事に。

（問）男の人がけがをしたのはどこですか。

（2）子供がふたりで遊んでいます。女の子がやってみせた手の形はどれですか。

女：ねえ、これできる？親指と中指をくっつけて、小指を曲げるの。

男：うん。

女：だめだめ、人差し指と薬指はまっすぐ伸ばしてなくちゃ。

男：無理だよ。

女：じゃ、私がもう一度やって見せてあげる？どう？

男：すごい。

女：ちっともすごくなんてないよ。ちょっと練習すればできるんだから。

（問）女の子がやってみせた手の形はどれですか。

（3）男の人と女の人が話しています。逃げ去った男はどんな顔をしていましたか。

男：その現場から逃げ去った男の顔を覚えてる？

女：ええ、帽子をかぶっていたので、髪型はわからないけど、顔は面長

で、眉は濃かったわ。それから、左の頬にほくろが一つあったと思う。

（問）逃げ去った男はどんな顔をしていましたか。

問題3

（1）先生が選択科目の取り方について説明しています。正しくないのはどれですか。

男：来年の選択科目についてですが、大きく分けて三つの分野がありますから、それぞれから一つ選んでください。いいですか。まず、教養の分野には芸術、宗教、語学があります。語学というのは英語以外の外国語です。次に科学の分野には生物、物理、化学。この「かがく」は「ばけがく」ですね。最後に社会の分野には歴史、地理、公民があります。それぞれから１つですから、全部で３科目選ぶことになります。ただし、大学に進学を希望する人に限って、もう一つ多く取ることが出来ます。

（問）正しくないのはどれですか。

（2）男の人と女の人が話しています。男の人はどのアパートを借りようと思っていますか。

男：６畳ぐらいの部屋を探していま

す。

女：ご予算はどのくらいですか。

男：8万円までなら、なんとかなります。

女：和室と洋室がありますが、……。

男：和室がいいです。それと、バス・トイレも付いていた方がいいです。

女：じゃ、これかこれかですが、どちらにしますか。

男：そうですね。敷金は後で戻ってくるからいいんですが、礼金が安い方がいいです。

女：わかりました。

男：部屋は今、見られますか。

女：いいですよ。ご案内しましょう。

（問）男の人はどのアパートを借りようと思っていますか。

N3（準二級）
問題解答

Unit 1 桜前線

〈基本練習〉

問題1

1. ○　　2. ×　　3. ○　　4. ×　　5. ○

6. ○　　7. ○　　8. ×　　9. ×　　10.○

問題2

1. 桜の開花日を線で結んだもの。

2. 各地の気温。

3. 気象庁以外にも、民間企業一般のネットワークで独自の桜前線を発表するようになったから。

4. （略）

問題3

(1) b　　(2) b

〈実践練習〉

問題1

(1) 4　　(2) 1　　(3) 3　　(4) 1　　(5) 3

問題2

(1) 1　　(2) 4　　(3) 1

問題3

(1) 1　　(2) 2

Unit 2 火山と温泉

〈基本練習〉

問題1

1. ○   2. ×   3. ○   4. ○   5. ○

6. ○   7. ○   8. ○   9. ×   10. ×

問題2

1. 過去2000年の間に噴火したことがある火山のこと。

2. 100年に5、6回の割合で大きい地震が起こる。

3. 恥ずかしそうに下を向いて入っている。

4. （略）

問題3

(1) a   (2) b

〈実践練習〉

問題1

(1) 4   (2) 2   (3) 4   (4) 2   (5) 2

問題2

(1) 2   (2) 1

問題3

(1) 3   (2) 3   (3) 4

Unit 3 ゴールデンウイーク

〈基本練習〉

問題1

1. ×　　2. ×　　3. ×　　4. ○　　5. ×

6. ○　　7. ○　　8. ○　　9. ×　　10. ○

問題2

1. 4月末から5月初めにかけて、多くの祝日が重なった大型連休のこと。

2. 国内旅行や海外旅行に行く人たちが、出発したり到着したりする時だから。

3. 古代の中国で、健康と厄よけを願って行われた風習。

4. 「鯉の滝登り」という中国の昔話。

問題3

(1) a　　(2) a

〈実践練習〉

問題1

(1) 3　　(2) 1　　(3) 4　　(4) 3　　(5) 1

問題2

(1) 1　　(2) 4　　(3) 3

問題3

(1) 2　　(2) 1

Unit４東京の生活費

〈基本練習〉

問題１

1. ○   2. ○   3. ×   4. ○   5. ×

6. ○   7. ×   8. ×   9. ○   10.○

問題２

1. 一定の収入がある日本人の保証人が必要であり、敷金や礼金を家主に払わなければならない。

2. 家賃を滞納したときの保証や、部屋を補修したりするときに使うお金。

3. 戦後の焼け野原で住むところがない人々が、お礼の意味で家主に包んだお金。

4. （略）

問題３

(1) a   (2) b

〈実践練習〉

問題１

(1) 2   (2) 2   (3) 1   (4) 1   (5) 3

問題２

(1) 2   (2) 3

問題３

(1) 4   (2) 1   (3) 2

Unit 5 台風とハリケーン

〈基本練習〉

問題1

1. ×　　2. ○　　3. ×　　4. ○　　5. ○

6. ×　　7. ○　　8. ×　　9. ○　　10.○

問題2

1. 北西太平洋で発達した熱帯低気圧で、風速が毎秒17メートルを越したものを、台風と呼んでいる。

2. 風速の強い熱帯性低気圧のうちで、大西洋と東太平洋で発生したものがハリケーン、北西太平洋で発生したものが台風と言われる。

3. 洪水、土砂崩れ、高潮など。

4. （略）

問題3

(1) a　　(2) b

〈実践練習〉

問題1

(1) 4　　(2) 4　　(3) 2　　(4) 1　　(5) 3

問題2

(1) 2　　(2) 3

問題3

(1) 1　　(2) 2　　(3) 2

Unit 6 地震大国ニッポン

〈基本練習〉

問題1

1. ○　　2. ×　　3. ×　　4. ×　　5. ○

6. ○　　7. ×　　8. ○　　9. ×　　10.○

問題2

1. 関東大震災の教訓を忘れないため。

2. 火を消して、机やテーブルの下に潜って身を守る。

3. 普段から準備してあれば、万一の事態が起こったときも心配しないで済むということ。

4. （略）

問題3

(1) b　　(2) a

〈実践練習〉

問題1

(1) 1　　(2) 3　　(3) 1　　(4) 2　　(5) 1

問題2

(1) 4　　(2) 4

問題3

(1) 3　　(2) 4　　(3) 2

Unit 7 私のルーツ

〈基本練習〉

問題1

1. ○　　2. ×　　3. ○　　4. ×　　5. ×

6. ○　　7. ○　　8. ×　　9. ×　　10. ×

問題2

1. 最も多感な時期だった。

2. 「出発点」という意味。

3. 目の前にある一つ一つのことを大切にすること。

4. （略）

問題3

(1) a　　(2) b

〈実践練習〉

問題1

(1) 3　　(2) 4　　(3) 2　　(4) 1　　(5) 3

問題2

(1) 2　　(2) 2

問題3

(1) 3　　(2) 1　　(3) 1

Unit 8 日本のマンガブーム

〈基本練習〉

問題1

1. ○   2. ○   3. ×   4. ○   5. ×

6. ○   7. ×   8. ×   9. ○   10. ×

問題2

1. マンガは子ども向けのものと考えられてきた。

2. 日本のマンガは、大人も鑑賞するものであったから。

3. マンガは子ども向けと考えられてきた欧米社会の人にとって、大人も鑑賞する内容も高度で表現方法も多彩な日本のマンガは新鮮であり、魅力的だったから。

4. （略）

問題3

(1) a   (2) b

〈実践練習〉

問題1

(1) 3   (2) 2   (3) 2   (4) 2   (5) 3

問題2

(1) 2   (2) 1

問題3

(1) 4   (2) 2   (3) 2

Unit 9 日本は単一民族？

〈基本練習〉

問題1

1. ○　　2. ×　　3. ○　　4. ×　　5. ○

6. ○　　7. ○　　8. ×　　9. ○　　10.○

問題2

1. 古くから北海道や東北北部に住んでいた森の民。

2. 同化政策。

3. 国連総会で「先住民族の権利に関する国連宣言」が決議され、内外の世論が高まったから。

4. （略）

問題3

(1) a　　(2) a

〈実践練習〉

問題1

(1) 4　　(2) 4　　(3) 2　　(4) 3　　(5) 2

問題2

(1) 4　　(2) 1

問題3

(1) 1　　(2) 1

Unit10女性天皇の行方

〈基本練習〉

問題1

1. ○　　2. ×　　3. ○　　4. ×　　5. ○

6. ○　　7. ×　　8. ○　　9. ×　　10.○

問題2

1. 血のつながりがある人が跡を継ぐこと。

2. 今の天皇の皇太子には女の子しかいないから。

3. 千数百年以上続いた男系相続という天皇家の伝統をやめることになるから。

4. （略）

問題3

(1) a　　(2) a

〈実践練習〉

問題1

(1) 2　　(2) 2　　(3) 1　　(4) 2　　(5) 3

問題2

(1) 3　　(2) 2　　(3) 2

問題3

(1) 3　　(2) 4

作 者 介 紹

◎ 目 黑 真 実

生於1948年1月3日，日本岡山大學法文學部法學科畢業。

至上海外國語學院漢語系留學後，成為日語教師。曾任新宿御院學院教務主

任。現為龍櫻學院主任教師。並主持日語學習網站「日本語駆け込み寺」

日本語駆け込み寺：http://www.nihongo2.com/toppage.html

著作：「日語表達方式學習辭典」（鴻儒堂出版）

「話說日本人之心機能別日語會話」（鴻儒堂出版）

「日本留学試験対策総合科目基礎問題集185」等多冊。

譯 者 介 紹
◎ 簡 佳 文

學　　歷：日本國立奈良女子大學日本近代文學碩士

主要經歷：國立中央大學日文講師

　　　　　中國文化大學推廣部日文講師

　　　　　台灣商社日文顧問

著　　作：最新讀解完全剖析　一級、二級、準二級

論　　文：『雪国論』

國家圖書館出版品預行編目資料

日本語檢定考試對策 N3(準二級)聽解練習帳 / 目
黑真実編著 ; 簡佳文譯. -- 初版. -- 臺北市：
鴻儒堂, 民98.12
面；公分
ISBN 978-986-6230-03-5(平裝附光碟片)
1.日語　2.能力測驗

803.189　　　　　　　　　　　　　　99019138

日本語檢定考試對策　N3（準二級）

聽 解 練 習 帳

附MP3 CD一片・定價：380元

∙∙

2010年（民99）12月初版一刷

本出版社經行政院新聞局核准登記

登記證字號：局版臺業字1292號

∙∙∙∙∙∙∙∙∙∙∙∙∙∙∙∙∙∙∙∙∙∙∙∙∙∙∙∙∙∙∙∙∙∙∙∙

編　　著：目 黑 真 実

中　　譯：簡 　 佳 　 文

發 行 所：鴻儒堂出版社

發 行 人：黃 　 成 　 業

地　　址：台北市中正區10047開封街一段19號2樓

電　　話：02-2311-3810／02-2311-3823

傳　　真：02-2361-2334

郵 政 劃 撥：01553001

E - m a i l：hjt903@ms25.hinet.net

∙∙∙∙∙∙∙∙∙∙∙∙∙∙∙∙∙∙∙∙∙∙∙∙∙∙∙∙∙∙∙∙∙∙∙∙

鴻儒堂出版社設有網頁，歡迎多加利用

網址：http://www.hjtbook.com.tw